我和我追逐的垃圾車

謝子凡

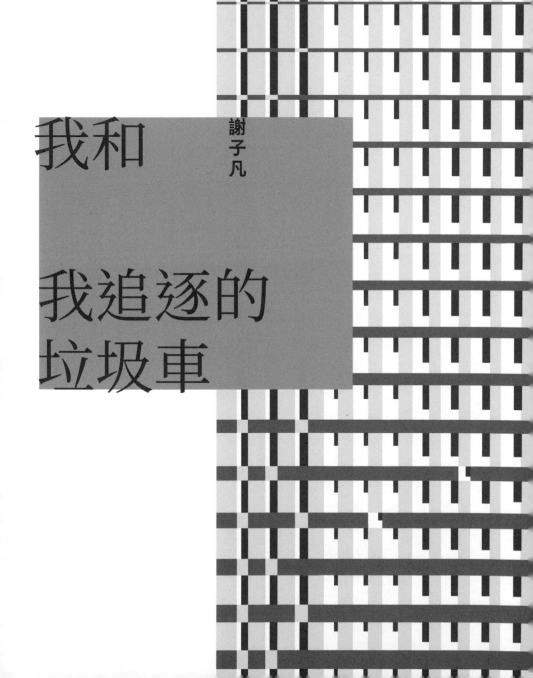

名家推薦

〈我和我追逐的垃圾車〉榮獲第十九屆台北文學獎首獎

我特別喜歡的就是這些小設計，這些小設計好像布線一樣，布到最後，一條一條收起來。如果她只是描寫辦公室裡這些垃圾事，很像台灣之前拍的一些電影、廣告，我就覺得有點無趣，可是中間突然寫到了父親的死亡對她的影響，跳脫出了職場的荒謬與無聊。她寫失去父親的悲痛與失序，因為沒有辦法處理這種情緒，所以有一種絕望感，在絕望中她和男朋友分手；她沒有了愛情、工作，看起來一無所有，可是這時很奇妙的，因為一輛垃圾車把她的垃圾全部載走，突然得到了一種好像翻轉人生的感覺。

——張曼娟

我想每個人都有倒過垃圾，她把我們生活瑣碎的地方寫出來，包括工作上垃圾的事情，都寫進來，我想這是很寫實的書寫，是真正自己生活的一個側面。

從文字來看非常流暢，跟其他人書寫的方式不太一樣，相當熟練，整個布局對我來講是無縫接軌，可以把整個故事都串起來。這也是非常台北式的描寫。

——陳芳明

「我和我追逐的垃圾車」本來句法應該是「我和我追逐的幸福」，她把「幸福」用「垃圾車」來代替了。丟垃圾是這麼小的事情，卻又是這麼重要的事，這一篇用垃圾來寓意人生，運筆各方面非常成熟，結尾更是神來一筆，我覺得她非常充分的描寫都會上班族狼狽的生存實況。

——簡媜

目次

推薦序

燙的

冷的

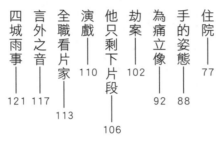

暗的

亮的

推薦序

一個獨立自由並且越來越溫柔的靈魂養成史

張惠菁

在書中讀到，有一年她和友人去海邊跨年。在即將開始倒數時，她卻一個人走到沙灘，遠離人群，聽著黑暗中傳來倒數聲，在新年的那一秒跳起離地。「我跟自己說，那一秒我在空中，不與何人何物相接，我依自己而活。」

那當然是因為，在日常的日子裡，我們誰都無法不與人、不與物相接。所以，這樣的盼望才會出現。

看她寫畢業後在台北，進入廣告行業，從小文案做起。看她為了省錢不租房子，借住父親的醫生朋友家、診所的病房裡。看她經常得加班晚歸，時間和金錢一樣拮据，趕上垃圾車、倒垃圾成了一種盼望。看她仔細端詳父親、母親、祖母、外婆，同事、戀人、同行的旅伴，每一個人。看她與這些人這些物長年長時間的接軌，從苗栗新竹到台北上海杭州，從小文案到廣告公司的副創意總監到這本書的作者。

這一路上，當然不可能全是「依自己活」。從沒有太多籌碼和選項的職場與情場新人，到知道在什麼地方必須踩定腳跟下錨。從猝然臨之無法討價的分離和死亡，到找到方式去完成一道道對失物的記憶。這當中有太多她與人與物共赴的歷程，但她的文字底下始終有一種清醒，知道那不是天長地久，也不沉迷於其中倘或有過的親密和華麗繁盛。我感到她是一個心裡始終存著一片「不與何人何物相接」的獨立自治區的人。奇異的是，雖然存心獨立，她的文字卻不高冷，不是冷眼拒人於外，腳不沾地的路數。何以故？

我想那是因為她的獨立與自由，並不以拒絕世界來達成。相反，是以經歷世界為途徑。她筆下的城市，尤其是她初出社會時進入的那座城，四面八方都是需要解碼的訊息。諾言有有效的期限，善意有適用的範圍，她要學會辨識，免得一腳踩空。她要在「被放手」的時候，穩穩地把自己接起來，也要在各種「我都在觀察妳」的警語、「妳應該跟他ㄋㄞ一下啦」的勸告（與誤導）之間，知道哪一條是自己能走得過去的路，學不會做不到的，就別浪費時間去想了。我們跟著她的第一人稱視角移動，像打怪一樣看見城市裡職場裡友情愛情人生階段裡，各種各樣的情緒陷阱小角落。

不負苦心，城市在她摸索、尋路前行的移動裡，逐漸袒露展開。她會找到公司的廁所、摩托車、電視影集，解鎖它們各自的救贖作用。她會看到新竹、台北、上海，和杭州不同的四種雨——除了新竹的雨聲是與生俱來地撫慰她心，其他城市的雨經過一段時間的馴養，也能變得像家鄉。當這樣從陌生到熟悉的通關發生時，與其說是事物改變了，不如說是她的家鄉之感擴大了。子凡是萬家燈火之中的寫作者。萬家燈火之中有過她的戰場，她實際上是不斷地在那裡與人與物相接，所以才會有相反的跨年願望。她在萬家燈火之中受過磨難，也在其中馴服萬物，且不時抬眼，望見這世俗世界的神聖性。

這就是我在讀這本書時的感覺：一個獨立自由並且正在變得越來越溫柔的靈魂的養成史。即使寫的是非常辛苦的事，子凡的文字讀來卻沒有太多怨苦。相反的，她給我一種透過書寫回頭「照顧」這些過往經歷的感覺，把它們想得完整，讓它們有處棲息。即使是曾經刺傷她的事，她也描寫得十分巧妙，有一些晶晶亮亮的微光在其中。我覺得寫出這樣文章的人，一定不只是經歷過痛楚，還經歷過受傷之後的「長好」。

並且是在「長好」的過程中，沒有因為太痛而關掉、太急而忘掉其間的感覺。如此經年，有一天就能夠用「長好」的自己，來寫曾經很痛的過去。

恭喜子凡完成了這本書。謝謝她如此努力活得獨立自由，且對這世界越來越溫柔地看顧。

燙的

我和我追逐的垃圾車

老舊無電梯的狹長公寓，五樓，被隔成五個窄小房間，裝滿同樣在這個城市工作的男女。

我的房間位於進門第一間，正對著陽台。陽台僅是一堵磁磚剝離得七零八落的矮牆，加上一面鏽蝕嚴重的鐵窗。搬進去的第一天，冷鋒過境。淒風苦雨直接從陽台灌進房間，這才發現那片木板牆竟然會颼颼地漏風，把一床從老家帶來的被子吹得又濕又冷。唯一的小窗無遮無蔽，無情地讓外頭路燈的冷青色光芒登堂入室。

一夜未闔眼。

接下來又發現這房子隔音極差，每天早上都定時被隔壁房客的刷牙洗臉聲吵醒，然後是大家紛紛出門的鐵門開闔聲，碰！碰！碰！碰！固定四聲。晚上甚至聽得見隔壁吃鹹酥雞的紙袋窸窸窣窣。有一晚和朋友在房裡說笑，隔壁房客立即咚咚地搥打牆壁以示抗議，我和朋友噤聲吃完手上捧著的豆花，耳語道別。

寒冬可以添購暖爐、捨不得花錢買窗簾可以用黑色壁報紙暫代、晨間的噪音可以當做起床鈴、生活得躡手躡腳，也行。然而，有件事卻一直難以處理——那些該死的垃圾。

這裡沒有清潔員，也沒有讓住戶暫放垃圾的場所。垃圾車在傍晚五點四十分唱著〈少女的祈禱〉來到這條位於盆地邊緣的小巷，但這個時間點，哪個廣告人會在家呢？即使是九點的第二趟回收時間，也是難以企及的虛幻目標。這些生活中無可避免產生的細瑣碎片實在棘手。為免異味充斥住所，只得暫時打包存放在陽台，等待早點下班的某天。

但這個「某天」一直到不了，陽台的垃圾袋彷彿有生命似的，默默繁衍。丟不了自己的垃圾，倒是時常在公司倒垃圾呀。我提著公司的垃圾時，突然發現這諷刺的劇情。

那家位於敦化南路巷內的小公司由一對合夥人共同經營，他們一豐腴一削瘦，一男一女，一主外一主內，互補得好似電影裡完美的角色設定。身材圓胖的齊先生戴著一副金絲細框眼鏡，看簡報時總把眼鏡架到頭上，鏡框便微微陷進光亮的頭皮。他時常咳嗽，菸癮又極大，因此他的垃圾桶每天都混雜著衛生紙、菸屁股和咖啡渣。

負責業務開發的是身材高瘦、留著長捲髮的白小姐，她總是一身合身的名牌套裝，唇上的口紅日日變換不同色彩。她氣場強大恍若日劇《房仲女王》裡的北川景子，每次開口說話，身後都有乾冰和噴射氣流伴隨上場。她的垃圾桶是香的，裡頭幾乎都是機場免稅店買的香水口紅包裝盒。因為經常出差的關係，這些垃圾只出現在她偶爾進公司的那幾天。

公司沒有專職的清潔人員，全隨齊先生看心情指定員工整理。我，最菜又年紀最小，通常是他的第一選擇。白小姐有一隻心愛的黑色貴賓狗，名喚黑妞，平時就養在公司，託給齊先生照顧。嗯，那自然又成了我的職責之一。

「黑妞好嗎!?你今天有帶牠去散步嗎!?」白小姐在上海出差，高分貝音量即使隔了一個台灣海峽，還是那麼響亮。

「有有有，每天都有，」齊先生用眼神示意旁邊的我趕快帶黑妞出門。

「順便把其他同事的垃圾也收一收拿出去吧。」齊先生掩著話筒，輕描淡寫地這麼說。這是我第一次接到這個工作的情形。

眼神死。

我板著臉拿出大垃圾袋，在空中重揮兩下展開，一邊在心裡翻白眼一邊說：「有垃圾要丟嗎？」

同事們紛紛將自己桌下的垃圾桶提出，在我面前坦白他們的生活。

小雨，帳單記得撕碎啊，不然我連你住哪一樓、哪一室都一清二楚吶！

法蘭克，都是一包一包的垃圾……還有小孩尿布和烤鴨二吃的油膩塑膠袋，是從家裡帶來公司丟的吧？真有你的，我可沒辦法帶著垃圾坐四十分鐘的公車！

打賭比賽減肥的櫻子和桃子，那個戚風蛋糕盒……

我在心裡嘀咕，憋氣綁起袋口。我雖喜歡狗兒，也不介意短暫離開那個充滿菸味的陰鬱空間，但被指定為清潔員和遛狗特派員，還是心有不甘啊。幾次齊先生喚我出門時，實在難以迅速弭平皺起的眉頭，也壓不下甩門的力道。

齊先生聽了出來。

「不要小看這些雜事唷，其實我都在觀察你，」他在經過我的工作隔間時若無其事地說。「很多事情都是從這些小地方才能看出來的。」還啜了一口熱茶，留下一個意味深長的微笑。

心死。

於是乎，我固定在傍晚時分，一手牽著黑妞、一手拎著垃圾袋，撒腿奔向那只停留十分鐘的垃圾車，急切如投入情人的懷抱，同時冀望手中這包如果是我堆在陽台的垃圾就好了……

那天我才剛踏進公司，便迎上全體同事們奇異的眼神，有人用下巴指了指齊先生的辦公室。

「這是什麼？怎麼會有這個牌子的香水包裝？你帶誰來公司？」白小姐憤怒而高昂的嗓音穿牆而出。

「是你自己的吧？」齊先生漠然。

「這種小女生的味道怎麼可能是我的！」白小姐尖聲撇清。

「你管我？你只在乎你那條狗！」齊先生大吼。回應他的是一聲巨響，聽起來是整排書被掀落在地。

整間公司瞬間安靜了兩秒鐘，打字聲劈里啪啦地響起：「他們是那種關係？」「他帶誰來？」「昨天我下班時有個女的站在門口，不知道是不是……」「我跟你們說，齊先生的右手心有一個傷痕，是他們吵架時，白小姐抓狂拿起筆刺向他，他伸手擋的結果。」某資深員工透露。垃圾話開始流傳。

當時我最大的煩惱便是如何處理這些公司和公寓裡的垃圾，直到父親因意外驟然離世。

這意外鋒利無比，把心戳了一個破口，有什麼又黏又黑的東西一直從心的裡面湧出，而我無法消化，如同那些無法丟棄的垃圾袋般高高堆積。我的腦中被嵌入一部損壞的放映機，循環不停的佛經、白色的百合、黃色的往生被……處理父親後事的情節每天都在腦中反覆播放。從睡夢中到醒來這段時間，彷彿整個人被巨大的塑膠袋籠罩，拳打腳踢也掙脫不開。好不容易醒來的那一瞬間，總是發現自己臉上都是淚，約莫是在夢裡不停地哭著吧。

死亡這件事情把我和其他人硬生生地切開。他們張嘴說話，猶如魚缸裡的金魚，厚唇一張一闔，只是吐出一串氣泡，我聽不見。他們跟身旁的人聊天時，我瞬間被吸入蟲洞，彈跳至千萬光年以外的星系。

「你覺得呢？」同事突然轉頭問我。

「對不起，你可以再說一次嗎？」我霎時被拋回現場，銜接不上。

世界沒有因為父親過世而停止，加班也是。早一點的話，會遇上住處附近夜市的最後一波人潮，眾人結伴高聲談笑，手裡拿著滷味或泡泡冰等小吃，腳步因為相互嬉鬧而歪歪扭扭。我側身穿過他們，拐進陰暗曲折的小巷，走過一路的沉默與黯淡。如果回來晚了，則連店家都已打烊，零星的人影更顯寥落。

我驚異地望著眼前的情景：為什麼這世界還是跟父親死前一樣？公司的垃圾還是一樣要倒，黑妞一樣憋著尿等我帶牠出門，齊先生和白小姐依舊爭吵，我繼續寫企劃案，繼續接聽打來催款的廠商電話，繼續謊稱老闆外出開會不在公司。

但這世界又不一樣了。當兵放假回來的男友看起來那麼陌生（雖然他好心地替我清運垃圾）。我的黑暗，他不曾見過，短暫的見面往往以沉默作收。以前總是神采奕奕的母親，在電話裡聽起來那麼疲憊，而我也說不出什麼安慰的話語，匆匆掛了電話，各自療傷。我強撐著軀殼哄自己睡覺，早晨擦乾眼淚上班。

「今天怎麼沒有倒垃圾呢？還有，趕快帶狗出去，牠在門口哎哎叫了。」齊先生探進頭來，一臉責備。當時我瑟縮在空調壞了但老闆不想修的房間裡，埋頭寫案。

我順從地起身為黑妞套上牽繩，也收妥全公司的垃圾。

「再見啊，希望下個人也喜歡你。」我摸摸黑妞的捲捲頭。牠瞅了我一眼，逕自走到鳳凰木下抬腿撒尿。

我寄出辭呈幾分鐘後，齊先生急忙跑來我的座位旁。

「怎麼了，因為叫你倒垃圾嗎？還是不想遛狗？」

「是因為所有的垃圾事。」當然，我沒這麼說。

真正說出口的是：「爸爸過世了，我想休息一陣子。」這下連平時舌粲蓮花、能想出各種藉口拖延廠商付款的齊先生也詞窮，點點頭擺擺手算是同意了。

接下來的日子我忙著結束手上的工作和交接，依然晚歸。路旁的燒烤店生意天天火熱，一個個陶土火爐排列在路邊，猶如小學生的放學路隊。店員先在大窯裡將木炭燒紅，再挾入小爐裡，在寒風裡忙得滿身大汗。燃燒過後的木炭，被挾出擱在鐵簍裡，脆弱而灰白。風一吹，殘餘的火星四處飛散。

我想就著那一盆大窯，把所有的垃圾都拿出來，一片片的帳單、一團團的衛生紙、一枝枝的串燒竹籤、一個個裝過關東煮的紙盒……全部燒個精光。

「你永遠不會好起來，只能一天天地過。這會是你每天醒來想到的第一件事，直到有一天，它變成你醒來後想到的第二件事。」我默默記下這個從美劇裡看來的哲理，一天天數日子。「每件事帶來的眼淚是有限的，每次你哭了一點，離好起來就近了一點。」MV裡長得像堂本光一的男主角說，所以我哭的時候便放肆地哭，盡量消耗傷心的額度。

我開始看起庸俗的古裝電視劇。看惡毒的婆婆如何惡整苦命媳婦，看癡情的少婦苦苦戀著早已另築愛巢的負心漢，看妒火中燒的女人算盡心機對付另一個女人。看些濫情的別人的故事，好忘記自己的。

那時我經常坐車坐過頭，一回神才發現公車已衝過我該下車的站牌，到了和平東路上。和平和平，名字是一種咒語，承載著期許。但我的世界一點也不和平啊，我快步走過它時這麼低語。

在費力消化驟失親人的悲傷之餘，再也沒有力氣和任何一個人維持任何一種形式的親密。選擇一個夜晚，流著淚把分手理由反覆說了一遍又一遍，字句越來越囁嚅。對方見我難受，點了點頭默默離去，不忘反手帶上門。

我蹲抱著自己，頭埋在兩膝之間，想要放聲大哭，但終究只是壓抑地嗚咽。這房間隔音極差，我沒有忘記。

過了一會，小巷開始騷動，開門關門、人聲交談……

啊，這是我第一次在住處親耳聽見它的到來！胡亂抹了抹眼淚，抄起桌上一包昨晚剩下的雞排殘骸、踩了拖鞋趕往陽台、十指抓起堆放已久的六、七個垃圾袋、三步併作兩步衝下五層樓，朝那聲音飛奔而去。

男女老少早已分占巷子兩旁，我擠進他們的陣容之間，恭迎垃圾車緩緩駛入。它慈悲大發將自己完全敞開。我小心瞄準、奮力拋出第一包、第二包、第三包……眾男女也爭先恐後地丟出他們手中極欲擺脫的一切；接著第四包、第五包、第六包……偷懶沒做分類的、狼狽滴漏著汁水的、齊先生和白小姐的臉孔、黑妞的背影、沾滿眼淚的枕頭套，現實的、虛幻的交雜並現，紛紛在空中畫出長短不一的拋物線，大珠小珠般落入車廂。

垃圾車噫噫呀呀地轉動推鏟，吞下所有的垃圾，爆出幾聲鞭炮般的聲響，彷彿節慶。推鏟停止，如羅漢不動。過了一陣，又吟起〈少女的祈禱〉，帶著眾生的垃圾遠去。

樂音裊裊，我兩手空空。

剎那間，我幾乎要朝它離去的方向合十稱謝了。

本文獲二〇一七年第十九屆台北文學獎散文首獎

煎熬

還在騎摩托車的日子裡，我在忠孝東路尾端的大樓住了許多年。斜對面的舊公寓一樓，是便利超商，也許是燈光明亮的關係，附近騎摩托車的人都喜歡把車停在它前面。等到我回家時，通常那塊騎樓都已經被停得交疊緊密，毫無縫隙了。

後來我都把摩托車停在隔壁兩間、一對年輕夫妻經營的早餐店前。早上在騎車前剛好可以買個早餐，帶到公司吃。他們也不介意我把車子停在那裡，每日看到我都以笑容迎接，並且牢記我習慣的餐點。有時心裡還盤算著，今天換點別的吧，但老闆娘遠遠看到我便微笑並提高聲線問：「肉鬆蛋嗎？」被打亂計劃的時候，我都會慌亂無措，只好順勢點點頭。於是便吃了兩三年的肉鬆蛋，切邊。

後來，好幾個禮拜沒見到老闆娘的身影，雖心生疑惑，然見老闆忙碌、眾人點餐匆匆，也不好意思詢問。

一日我起得晚，到樓下已是打烊時分，老闆癱坐在椅上休息，頭往後靠著被油煙燻黃的牆。我拿出鑰匙開大鎖，趁著這幾十秒鐘的時間，開口問：「怎麼好久不見老闆娘？」

「回娘家照顧媽媽，她媽媽生病了。」老闆一臉倦容答道。

當得到的答案超出我所預想時，我會慌亂無措，沉默著，在腦中摸索恰當的字句。

「這間店可能會收起來了。」老闆再說，傾身往前把手肘撐在大腿上，有些頹喪。

「為什麼？」我問，把大鎖收進置物箱，從車廂內拿出安全帽。動作盡量緩慢，拉長我們可以對話的時間。

他沉默了半晌，吞吞吐吐地說：「我們，感情……有點問題。」抬手搔搔頭。

我又一愣。忘記了自己當時是怎麼接住老闆不小心透露的心事，也忘記了後來我是怎麼結束這個話題、跨上機車離去的。

我都沒發現。天天看他們並肩在櫃檯後出餐，一人翻煎著荷包蛋、火腿、肉片、炒麵等食材，一人在烤好的吐司上抹勻美乃滋、夾上小黃瓜，快速組合成各種不同的餐點，如一組運作良好的生產線。我以為他們的婚姻也是這般融洽順暢。

心裡改變的時候，還能那麼順手地接住對方遞過來的一切嗎？會不會其實想要把那滾燙的肉片往對方臉上甩去？或是任由半熟的蛋掉落地面，摔得肚破腸流黃白一地？

再過了幾個禮拜，在附近公園的樹在濃綠中夾雜幾片赭黃時，我又看見老闆娘站在煎台前了。

我掛上極大的笑容，試圖向她展現善意：「嘿，你回來了！媽媽還好嗎？」

「走了。」她幽幽地說。然後她手上忽然忙了起來，抽起抹布用力擦拭滴落在檯面上的油漬，又動手把籃子裡的幾顆雞蛋排整齊。哎，她輕輕嘆了一口氣，視線越過我望向遠方，把情緒拋向視線的極端之處。她臉部的肌肉都往下墜，放棄撐起任何一種表情。

「肉鬆蛋嗎？」她突然回神問道。

我點點頭。

荷包蛋的邊緣噗嗤噗嗤噴著油，捲起一圈焦黃。她一手叉腰，一手拿著煎鏟撐在煎盤上，等著蛋熟。

她依舊熟練地為我做好肉鬆蛋，但她彷彿只剩下一層表皮，裡頭有什麼支撐著她的東西，破了，散去了。

當天沒有看見老闆。

當時的我要再過了幾年才知道，這種原本看似緊密有序的世界，快速又持續崩壞的感覺。一件事牽連著另一件事，像沒了鐵軌的列車，一節節地墜落。墜落到最後一節車廂的時候，你便什麼也不想拉住了。

後來，沒再看見老闆娘了。

但是，店也沒有收起來。

場景換成老闆站在煎台前，一個年輕女子接手了將煎好的蛋和吐司組合的工作，我照常點了肉鬆蛋。在等待的時候，我的眼神剛好與老闆對上，尷尬的神情從他眼裡一閃而過。

當下我沒怎麼留心，過了幾日方突然領悟。原來那就是之前他口中的「感情問題」嗎？

這些年來，老闆的樣貌已有些模糊，但我一直記得總是束著低馬尾的老闆娘，那天望向遠方的神情。母親的過世或許給了她決心，於是將自己從早餐店裡那幾方困著她的地磚上解脫了。

免得在那煎台前，煎著火腿蛋，熬著心。

聖誕甜

十二月，中環的 IFC 購物中心中庭立起一個剔透的巨大水晶球，身著銀白衣服的男女舞者在其中翩翩起舞；海港城請來了《玩具總動員》的卡通角色將建築團團包圍，用綠色的三眼怪堆起高高的聖誕樹。來過節的觀光人群如軍團大批進駐，包圍各個著名景點。

然這半山的高樓冷靜依然。門一關，只剩我的呼吸和打字的聲音。

在香港的三個月，是我人生中自工作以來，第一次長時間的無憂休息。每日起床、吃完早餐後，便開始寫字。那是一種奇異的感覺。覺得累積了許多年的題材，終於有時間可寫，因而處於一種極度興奮的狀態。也因寫了多年廣告文案，習慣短而簡潔的句式，文章怎麼寫都寫不長。心事如粉塵碎石慢慢沉積，逐漸被生活的壓力擠壓成冷硬岩層。長時間未開採，竟也忘記如何動用文字肌肉。從腦到手，有時恍若世界上最遙遠的距離。

或是寫著寫著，赫然發現那長年哽在喉頭、覺得幾近要淹沒自己的某件事，經過反覆挖掘檢視、動用龐大的情緒，終於把它落成文字時，竟只有寥落兩行。「真的只有這些嗎？」我自己也不敢相信，那麼滿漲的感覺，怎麼可能只有這樣？

真的只有這樣。每一日，就帶著這樣的迷惘困惑，夾雜著些許快感，慢慢前行。

住處位於二十六層高樓，窗戶密閉，房間很小，走廊很靜。有時太靜了，不得不出門補充一些人聲和氣味。我經常去山下一家星巴克，店的前半部與一般星巴克店面類似，到了後半段則像是走入哪間懷舊冰室一樣。直挺挺的木製隔間座椅，庶民風格的手寫菜單，掀開粉紅豔黃的塑膠珠簾，可以進入標示著「小心仆街」標語的洗手間。它甚至販售其他星巴克沒有的香港小點，如菠蘿油和砵仔糕。我圖的是它距離住處不遠、空間又大，經常一坐好幾個小時。

我常在這裡見到一對男女。女人大約四十來歲，頗為美豔；男的大約二十幾歲，一雙斜媚的丹鳳眼，有些神似F4的吳建豪。穿著寬大的潮衣，每隔幾分鐘就會撥弄一下細心吹整的頭髮、拍去波鞋[1]上並不存在的塵土。

第一次見到時，我好奇地揣測他們的關係。看起來不像同事，本來猜是否是姐弟，然而後來聽見他們的談話內容及口音，便知不是了。女人說話是北京腔，男孩則是香港人。

只要遇見他們，我都會若無其事地在他們附近坐下，低頭假意在筆記本上寫字，卻調動所有的神經長向耳朵，接收他們的蜜語。只恨不能直接轉向他們，光明正大地傾身收聽這齣戀愛劇場。

一日，男孩感冒了，直嚷著不舒服啊頭痛啊，病懨懨地蜷在沙發上，縮進自己的棒球夾克裡。女人湊近男孩的臉，伸手撥開他的瀏海，摸摸他額頭。

「電話裡就聽你聲音不對，」她心疼地說。從包裡拿出藥瓶，細心轉開瓶蓋遞上。「幫你買了藥，先喝了，嗯？」聲聲哄著，神情十分寵溺。

男孩皺著眉湊上嘴喝了。

「怎麼這麼苦啊!?」他打了個哆嗦大叫起來，引得鄰座幾人側目。

「你乖你乖。」女人趕緊拍撫他的頭，又難掩笑意地偎了過去。

1 波鞋：粵語球鞋。

男孩非常狡猾，他精準拿捏撒嬌的濃度，算計著拋出一個個小小的幻想泡泡。隔著一段距離，我都能感受到他故意散發的濃濃撒嬌氣味。女人無疑是非常喜歡這男孩子的，偶爾會在對話中提起「你女朋友」云云，男孩嘟囔著「我沒女朋友啊，你別亂說」等等。

女人笑了，動手用叉子切下一塊蛋糕，餵食他。男孩張開口，理所當然地吞下。暖氣有點熱，兩人如棉花糖般，被烘烤得軟綿綿的，推著依著一整個下午。

店裡盈滿了香料奶茶的氣息，八角、小荳蔻、肉桂、薑、黑胡椒、丁香加在一起，又香又嗆。但他們的氣味甜過香料奶茶，甜過翠華的菠蘿油、蘭芳園的法蘭西多士，也甜過附近有名的公利蔗糕。我口乾舌燥了起來。

門前的燈飾晶晶亮亮地閃動，寒風凜凜。我決定攀爬那過陡的層層階梯及山坡回住處，呼吸點冰涼的空氣，沖淡這季節限定的聖誕甜。

我為這女人著急啊，那男孩顯然是和她打著欲拒還迎的悠悠太極，享受著她的情意。但是，從來就沒有誰能夠規劃愛情的走向，我又在擔什麼心呢？

原載二〇一八年十二月二十四日《自由時報》副刊

功名難得

那是爸爸的書房。爸爸怕熱，全家唯一的冷氣，就裝在這裡。

左邊，一面直到天花板的書櫃，放滿各種紙本資料。一張書桌正對著窗，窗外，小溪、稻田、竹林、油桐，一路層層疊疊。書桌上總疊放著許多教學資料和大部頭的字典等參考書。檯燈有著鵝黃色的烤漆，用的是黃色燈泡。你不喜歡那種昏黃的燈光，坐在燈光下老是讓人想打盹。

右邊還有一張書桌，曾經是一台打字機的棲身之處。打字機結實沉重，手指按下按鍵、金屬字體彈起、重擊色帶、在紙上敲印，一連串精實的動作成就一個字母，這讓每個字母都彷彿熚熚發光了起來。它隨著思緒喀啦喀啦地響，到了每一行的盡頭還會「叮！」的大叫一聲，接著得把拉桿拉回，然後再重新埋頭苦幹一次。不知道是不是這種彷彿生產線般的過程，讓爸爸寫論文的姿態感覺特別辛苦而神聖。

打字機榮退之後，換上了電腦。不寫論文的時候，爸爸讓你用電腦畫畫。你拉出一個圓，在兩旁各加上一條垂直線，畫成一層蛋糕；然後疊上三層，加上蠟燭。很醜，而且每次都一樣，但送給外婆當生日禮物時，外婆的笑容卻溫暖燦爛。

你常常要到這個房間背英文功課給爸爸聽，所以在上樓的途中就開始緊張。一階兩階 Belt 是腰帶、三階四階 shirt 是襯衫、五階六階 sweater 是毛衣、七階八階 Winter, Spring, Summer, Fall. I love summer best of all... 你喃喃自語，深怕忘記。一進房，看到的是爸爸伏在桌前的背影。房間很小，你就在靠近門口的地方立正站好，高高的書櫃好像高高的期待，讓你不敢多看它。你開口，心裡暗自祈禱剛才背誦的功課不要忘記。有時候你的表現會讓爸爸滿意微笑，有時候你怎麼都想不起來，爸爸的眼光看一看你、看一看桌上的書，你的手指在身後絞在一起，語言能力和牆上的粉漆一起掉落。窗外一隻不知名的鳥飛過，嘎嘎叫了兩聲。爸爸終於說話了：「再去多背幾次。」你如獲大赦，縮著頭，像泥鰍一樣滑出去。

爸爸常常寫論文查資料到深夜，因此不知道從什麼時候開始把床搬進了書房。那是一張雙層的高架床，你有一陣子睡在上層。爸爸時常挑燈夜讀。你在上層的睡床上看著他的背影，昏黃燈光為他的背影鑲出一圈金黃輪廓，像是一尊苦修的羅漢。你可能從那時候就知道功名難得。

你終於睏了，爸爸還在寫作念書。

田裡一隻青蛙呱呱叫著。

與你的相對位置

我婚後的某個農曆新年，你喝多了，帶著醉意漲紅著臉說起你耿耿於懷的一件事：我結婚時，居然沒有請你代替過世的爸爸坐主桌。你一直生著悶氣。我吃驚極了，在我的印象中，一直都認為是你不想，而我貼心沒有勉強你的呢。轉身再問母親，她也證實你曾經拒絕過她的提議。然而你甚至激動得落淚了，我開始懷疑起我是不是遺漏了什麼你的暗示。

沒有請你幫我準備婚禮、也沒有問你可不可以幫我當招待，是因為我猜想你一定不喜歡忙亂又要招呼大批人馬的場面，所以不想麻煩你，只要你高高興興來參加，我就滿足了。哎，實在沒想到居然讓你不舒坦。

我心裡懊惱，但擺出笑容自罰一杯，並向你發誓我不是故意的。還拜託你之後結婚，不要懷恨把我排到備桌去。這樁烏龍似是只需其中一人多問幾句便能避免之事，但就是確確實實地發生了。是什麼時候開始，你和我之間有了這麼客氣的距離呢？

我們小時曾經共用一個房間，兩張單人床試過各種排列方式：左右靠在一起、前後靠在一起、分在房間兩頭、上下鋪。我們之間似乎也跟著不同的組合，時近時遠。

床鋪左右靠在一起的時候，我們總挨在中間講悄悄話。說話是親暱的，但手腳不許越位。誰超過了中央的柵欄空隙，對方即有權打退敵軍。小學裡，兩人一張的書桌中間總有立可白或鉛筆畫上的界線，最愛跟隔壁同學大喊：「超線！」地域的劃分，在這裡也適用。有時你故意將頭伸過來，我也頑強地用頭頂回去，最後往往就在推擠中頭頂著頭，手還推著對方就雙雙睡著。爸媽早上看見笑問：「感情這麼好？」我們同時瞥過頭，「誰跟他好？」

後來因為我們總講話到深夜不睡，因而床被拆開，分在房間的兩頭。不能再說悄悄話了，但我們仍然常在熄燈後壓低聲音聊天。有時聊得太開心，爸爸悶不吭聲出現在房間門口，氣惱我們怎麼還不睡覺，在他出聲前你已脖子一縮乖乖躺下，我還比手畫腳講得興起……你比了個「噓」的手勢，再指指房門。毫無警覺的我一回頭……嚇！趕緊抓起被子倒下。

再大一點，床必須組合成上下鋪，好讓出空間給書桌了。你睡在上鋪，我仰躺面對的便是你的背。你說話時向著天花板，我很難聽清楚。這時候的你開始聽日本動漫歌曲、崇拜羅大佑、迷上三國志電玩，再也不跟我一起玩泡泡龍之類的遊戲。

一年元宵，按照往例，你和男孩子們都會擎著火把去巡山。父母們倒也不擔心，因為從自家後院就能看見一列火光延著山路緩緩前進，有幾支火把都清清楚楚，隨時可以點名。

你們早在幾天前就去溪邊的竹林砍了竹子回來。最前端要砍在竹節上約三吋的地方，這樣才能留下足夠空間塞進浸過油的布條。煤油也已經買回來，裝在玻璃罐裡，輪流交給每個男孩。剪下破布破衣成長條狀，浸入罐中，再扎實塞緊竹孔裡，點火。那一瞬間，每個人看起來都那麼威風。

我從來沒有拿過火把，都是提著奶粉罐或是塑膠燈籠在家附近遛達。看著你們，滿眼欣羨。

「我可以去嗎？」我抬頭問爸媽。

他們低聲商量了一會，決定讓我試試。爸爸選了一根較細的竹筒遞給我，同時叮囑你要照顧我，絕不可讓我落單。你皺了眉，這年紀的男孩子最怕被識為「妹妹控」了。

我既興奮又緊張，結果不小心讓火把上的煤油流下來，沾了滿手。打前鋒的男孩子已經呼喊著上路了，我得趕快把竹筒擦乾、還得去洗手，以免火焰沿著流下的煤油燒到手上。看到尚未出發已經搞得一團糟的我，男孩子們又催促著出發，爸媽對我失了信心，勸著我說：「明年再去吧？」我訕訕點了點頭，眼睜睜看著你和其他鄰居男孩拔腿而去。

我被留下了。

某晚，你在上鋪哼著羅大佑的歌〈亞細亞的孤兒〉，我不懂為什麼他要「在風中哭泣」，又為什麼「黑色的眼珠有白色的恐懼」，還有，「每個人都想要你心愛的玩具」，太壞了吧！你哼哼唱唱了一陣，睡著了。你翻身，手伸到了床鋪外，在昏黃的燈光下變成黑色的剪影，蜷曲成毫無戒備的姿態。我一直盯著看。我坐起身，怯怯地把自己的手放到你半張的手心裡。你抽動了一下，但沒有縮回去。我在靜默中和你握了兩秒鐘的手，希望自己是被你牽著。

我躺回床上。天亮了，你不知道這件事，我也從來沒有說。媽媽總說我們座落在光譜的兩端。我一根腸子通到底，你心思曲曲折折。我太快把心掏出來，而你把它層層疊疊保護周到。

「如果可以把你們兩個加起來，再除以二，那就剛剛好了！」她說。可惜人身和人心都無法打碎重塑。

在後來的生活裡，我們偶爾近一點，但經常是遠的。

父親的告別式上，按照習俗，我們分立靈堂兩側。我們應該要站在一起的啊，這樣才能並肩一起面對那些帶著抱歉神情來到的人。但我們只能面對面遠遠站著，看著對方流淚。

新生兒像是一把憑空而生的鑰匙，擁有打破僵局的能力。冷戰多年的父子也許開始說話，疏遠的手足或許短時間內變得親暱。如今，朋友們都漸漸成為寵溺手足孩子的姑姑阿姨舅舅叔叔，而我們依然沒有一個不受控的孩子來讓我們手忙腳亂，讓我們丟棄相敬如賓的規矩，藉由寵溺對方的孩子，來表達對對方的愛。

我思量著，經常找機會傳訊給你。有時你回，有時你不回，通常話少，有時貼圖。一隻天蠍，似乎需要很多的熱才能融化。

最小的表妹前些日子結婚了。婚禮後，醉的醉，散的散，混亂中我喚你一起拍照，假裝自然地勾起你的手。這次，我們站在一起了。

我還在努力。

下次傳訊給你，你回多一點話啦。

長成母親的女兒

想像出一種完美的樣子，然後拿起身邊的人，兩相疊合。拿起刀剪，將溢出於完美形象的部分，一刀一刀地剪去。缺少的部分，則試圖用被剪下的破碎血肉，黏合修補。朝他吹了口氣，他活了。然後你開始規定他走路的樣子、吃的東西、睡覺的時間……因為，他是「你的」。

我是在說對孩子情緒勒索或強加自己理想在孩子身上的那些父母嗎？

不，我說的是反過來的方向。

幾年前我正在籌備婚禮的時候，母親陪同我一起去看場地。她長髮梳髻，長裙飄飄地來了。我當時拍攝著婚禮要用的影片，一手拿著攝影機，隨機抓拍。透過鏡頭，遠方的夕陽正斜斜地照過來，穿過花園的樹叢，我出聲喚她，她轉頭，從鏡頭裡看進我的眼睛。「我媽真美。」我讚歎。

過馬路時，我瞥見站在一旁的她，背竟微微駝著，我用手輕輕推直她的背，用略帶責備的口吻說：「怎麼駝背了？以前你不是最在意儀態的嗎？」她露出不好意思的羞赧表情，用力把背撐直。

幾年後，母親的背更彎了一些。昔日與我同高的身高，也有了肉眼看得出來的落差。這時我才驚覺，她是上了年紀。駝背不是一時的鬆懈，是歲月壓上了身。

「三十歲以後，若沒有做肌力訓練，肌肉量會每十年減少6％到8％。」這大概是每個上過幾堂健身課的人都知道的小常識。這不只是一個數字，而是正在發生的視覺與心理衝擊。在和母親聊天時，半開玩笑地抓起她的手臂，幾乎感覺不到肌肉含量，在我虎口留著的觸感，是鬆散軟腴的。年紀悄悄滲入身體的縫隙，在其中生苔，瓦解了過往的榮光。

我每每於電話中叮嚀：「要運動啊」、「家裡附近那個健身中心可以去看看啊」、「要不要找個瑜伽老師好了？」母親從Line傳養生祕訣來，我則回以Ernestine Shepherd的勵志故事。她是美國一位專業健身選手，至今八十二歲（生於西元一九三六年），仍在參加健身競賽。還有，二〇一五年在北京時裝週上，一名白色長髮蓄鬍的老者，裸著上身走上伸展台，精實身材讓人懷疑是不是把其實沒那麼老的模特兒畫上了老妝，他是王德順。這個好，值得學習。我把它收入勵志故事名單。

但這兩人又太特殊了，畢竟八十二歲還有足以參加專業健身競賽的腹肌、腿肌和二頭肌，難度真有點高，何況自己也無這般身材足以對她起示範作用。

那看看 Anna Pesce 好了，一位駝背嚴重的八十九歲老人，幾年前在瑜伽老師的指導下，竟然能直起腰來，並且能在感到肢體疼痛的時候，以習得的知識自我練習放鬆。台北一家健身房曾經貼出一段影片，陳奶奶八十歲了，還去健身房，訓練肌力和平衡感。這些例子實際多了，媽媽看了也稱讚厲害，但在生活中，還是沒有實踐。不與母親同住的我，很難影響她的實際行為。

朋友不約而同有著類似的感觸，「擔心父母」成了一種隱隱瀰漫在日常生活裡的思緒。其實我們害怕，害怕他們就這樣一路衰老下去，雖然衰老本是不可避免之過程。但我們心中有一個衰老的典範，期望他們能健健康康甚至身形不變地成為模範老人。

如果有人一個月僅來探視孩子一兩次，有時還食言。而一現身，偶爾帶點禮物，更多的時候空手而來。來了之後急著想知道孩子的身體狀況、生活狀況，然後便指指點點想為其規劃生活守則。這種情況，大概任何人都會感到憤怒，指責這是一個極差勁的父親或母親吧。那反過來呢？

直系血親間經常存在著鏡像投射的心理，而在同性血親間更為常見。母親將她理想中的形象投射予我，不許曬黑、不許變胖、不許穿寬大的吊帶褲。而今我也以如此的框架要求母親，標準是運動次數和腰圍。像那些強押著孩子的父母一樣，我也依著自己的期待去形塑母親完美的樣子。

我小時候她會訓練我的儀態。「腳步要落在一條直線的兩邊。」她說，然後要我沿著地上的磁磚接縫練習。一開始眼睛可以偷瞄，然後要練習不看著地面也能做到。站著的時候，兩邊肩胛骨必須同時碰觸到牆壁，但我還是經常歪著身子。直到近年開始學習瑜伽，才又留意起身體的使用方式。

然而，我一上課，母親便得面對更多的叮嚀（或是嘮叨）。母親難得上台北，吃完飯後到我家小坐。我忍不住鋪開瑜伽墊、拿出瑜伽磚，示範起各種拉筋放鬆的方法，算是半強迫地為她上了一堂拉筋課。「站的時候下腹要用力」、「髖骨要『站』起來」、「起床時覺得腰無法用力，那就反覆做幾次貓牛拱背，可以放鬆腰部肌肉」……

我殷殷切切，如春日叨絮的雀鳥。

事後我又懊惱，相處時為什麼只有我在滔滔不絕？為什麼我要把所有想要她記住的，大量傾倒過去？更往深處看去，可能我是在害怕自己老去的樣子，所以驅使著走在前面的母親：去，你快振作起來，好讓我心安。

在長大的歷程裡，面對父母設下的框架與標準，我感到痛苦。面對密集的盯梢，我曾流著淚在日記本裡狠狠刻下偌大的「恨」字。不知母親面對這身分的調置，是否感到不耐呢？

心理學家都對看不開的父母苦苦相勸：要學會放手，你的孩子不是你的孩子。應該也要有一派相勸的聲音，是給看不開的孩子們——你的父母不是你的父母啊。

然我又糾結。

對著病榻上的人或是死去的人懺悔，雖然痛苦，但也可能是面對人生岔路選擇裡，比較容易的那一條了。你無法與他們爭辯，所以你只需要說服自己。而善言之人，不管怎麼樣追悔，都能將過去的時光凝結成琥珀，成珍珠，供人在雙指之間反覆凝視。無論哪個角度都能成詩成歌、成某種層次的美。

然只要生命還在，故事可以發展無數支線，哪一種結局都有可能。只要活著，我感覺我會一直叨念，如一個終究長成了母親的女兒。

換新衣

可能在好幾個禮拜以前，家中掌理年夜飯的主事人便開始精心籌劃了，跟總是會多給些雞架子的攤販訂了雞鴨、在那家特別新鮮的豬肉攤叮囑老闆留一塊肥美的五花，就這樣忙忙碌碌地張羅起來。打算外食聚餐的，神經緊繃著，口袋名店開放訂位的時間一到，得分秒不能遲疑地攫起電話。更多生活在他鄉的人們，望著盼著，只待日子來臨，便要提起行李往家鄉奔去。

台東的朋友說，搶火車票，是場戰爭。沒搶到對號票的話，就只能買站票了。坐在地上或行李上，倚著牆或門或其他人，以各種歪斜的姿勢一路苦撐。

山東的朋友說，他們家在偏僻的小村，單趟就要轉八次交通工具。先搭車到機場、從飛機換大巴、大巴換上數趟再轉小巴、小巴換摩的（摩托出租車），到了最後一段，什麼交通工具都沒了，還得勞請老爸開車出來接人。

在旅居上海兩年的時間裡，時常看見來自偏遠鄉村的農民工，他們是那常興土木的大城裡固定的風景。返鄉路遙，他們最知道。春運期間，估計有三十六億人口在這四十天內流動。能在網路上買著票的，是極幸運的一群。不諳網路、夾在人龍裡排上幾天幾夜仍沒買上票的，多著了。也有幾十萬人，將想要帶回家鄉的器物家電食物甚至寵物，以高超技巧綁上鐵馬，浩浩盪盪匯流成一支遠征的大軍，帶著薛平貴的悲壯心情踏上歸途。寒風凜凜，但他們的臉上通常泛著一種奇異的笑容。

有人與老家住得近，不必遠途奔波。雖然少去空間上的移動，但自己生活久了，要回到原生家庭，有時心理的距離也不亞於翻山越嶺。但這個時節一定要回去，朋友捻熄一支菸說道。

路這麼遠啊、這麼累啊，一趟趟，一年年，我們還是如同被召喚的鮭魚、候鳥、野牛，拗執地往家鄉飛奔。

固然滿桌的油色生香引人發饞，長輩一個勁地往我們碗裡挾菜，填補了少有人關心的生活空白；為老家換掉陳年失修的電器、為長輩搬移超出他們筋骨負荷的沉重家具、或只是為視力模糊的奶奶穿過針線等等小事，也讓人得到「被肯定」的成就感。

我們飢渴地補充各種在異鄉得不到的感情和互動，脫離平日的時空感受，暫別在其他地方惹上的塵煙，以各種交通工具穿越異次元，停泊在家裡修葺破損的心。

也許場面鬧烘烘，可能有人醉醺醺，但我們是如此需要一場紛紛擾擾的熱鬧，即使我們自己沒有察覺。看見親戚孩子追逐笑鬧、和我們小時候一樣在眾人之前或得意或彆扭地表演才藝、狗兒和鞭炮齊鳴……種種瑣碎的幸福讓我們暫時把眼光從自己身上移開，把煩惱放進家族的洪流裡，任其淹沒。體認到在己身的混沌之外，還有另一個世界在運轉，那是一個全然異於日常生活的空間。我們就像在廣袤宇宙中尋尋覓覓的科學家，在長久的漂流後發現些微生命跡象，明白自己並非孤獨的存在，因而得到無限安慰。

經歷這一些，我們才得以剝去傷痕累累的外皮，換上一身新衣，開始一個，新的年。

味覺的覆寫與拗執

覆寫

我本是隻螞蟻，小時會在稀飯之下偷埋一瓢砂糖，也會偷偷買一排三個布丁，躲起來一次吃完。幾年前調整飲食，嗜甜的天性似乎有漸漸被馴化的跡象。然而一旦離開家鄉，味蕾就背叛腦子，像是磁碟重組，再次被覆寫成不同的格式。

上海外國人多，不乏極富水準的異國餐廳。週末和朋友吃吃喝喝，免不了一嚐各式甜點。法租界的幾家甜點店，每週都隔空向我拋著媚眼，Liquid Laundry的藍莓比利時鬆餅、Farine的檸檬百香果塔、覆盆子塔、Commune Social的鹽味花生焦糖冰淇淋佐莓果醬……我的嗜甜小惡魔又慢慢地長出角來。

這是極自然的事，你知道嗎？二十世紀初，做成癮實驗的科學家說，當老鼠被單獨隔離，給牠一般的水和加了海洛因或古柯鹼的水，用不了多久，老鼠便開始對藥物上癮，只肯喝加藥的水，甚至飲用過量致死。然而，心理學家 Bruce K. Alexander 亦做了類似的實驗。他建造了能讓老鼠玩耍、並與其他老鼠自由交流、交配的生活環境，此時，加藥的水變得不值一飲。老鼠喝一般的水，過著正常的生活。他認為這說明，當生物與其他同類有足夠的連結時，成癮的機率微乎其微。所有上癮的成因，皆與失去與他人、與所屬社會的連結有關。

所以，很自然的，離開家鄉，必須重新建立社會網絡，這件事為我的嗜甜基因提供了滋養環境。

其實那些甜點店也不是肇因，因為除了這些洋味，我早已私藏了台灣甜。打包行李期間，我在超市、麵包店搜尋各種果醬。鳳梨檸檬的、百香果的、芒果的、草莓的、紅李的……通通掃入籃裡，而且一定翻看標籤，Made in Taiwan 是必須。企圖把島上的陽光、顏色和氣味一同封罐帶走，如一隻知曉凜冬將至的熊。

這幾年已經很少吃果醬了，但除了打包媽媽的手路菜之外，這是最容易帶走的濃縮鄉愁了。

嚐果醬，通常是在早晨的時光。看著那透光的或黃或紅，彷彿看見島上的亞熱帶風景。以抹刀舀起一塊，刀面斜傾走過烤得焦酥的吐司表面，聲響如2B鉛筆掃過紙張般窸窣，讓每一顆孔隙都盛滿了甜蜜。咀嚼的清脆聲響，伴隨我漸漸清醒的腦子，這甜味蕩漾成島上風光……

芒果，一想起來就是滿眼金黃的印象。那濃豔的香氣是一場軟腴的夢境、奔放酣暢的盛宴。熬成果醬後，雖然香甜，但就是少了那麼點汁水淋漓的痛快。夏季返台時，還與友人相約，如觀光客一般奔向永康街吃一大盆芒果冰。

百香果，那裡直譯成「熱情果」，對這來自熱帶的硬果，倒也算貼切。小時母親會買來大袋的果實，為我們切好，我們再握著湯匙把果囊刮入碗中，捧著碗咂嘴吃。

鳳梨，是少數我能接受入菜的水果。母親炒薑絲鳳梨木耳的時候，我會像貓一般地蹬到鍋邊偷食。在火的炮製下，鳳梨微微張揚的刺激酸味漸漸柔馴，如今想起還是會舌底泛津。

草莓，總能帶我穿越時空回到外婆家。過年前後，外婆家路邊的草莓園就會架起臨時攤位，通常是一對夫妻打理著，一人照看園子裡來體驗現摘草莓的民眾，一人在外頭販售鮮果、果醬和非常甜的草莓酒，是我們過年的一部分。

紅李，這個口味的果醬比較少見，卻是我心心念念的一片味覺風景。母親曾收了許多紅肉李子，在還沒有食物調理機的年代，親手將一顆顆果實以磨泥器磨成果泥，加糖，小火慢煮成醬。想必是太費工了，母親往後再也沒有做過這果醬，但我一直記得那充斥整個鼻腔的酸香。

味覺如一條小徑，也許被歲月的林木遮蔽，但在那植被之下，目的地如此清晰。只要踏上，必能帶你抵達當初種下記憶的源頭。

當一瓶果醬快要見底的時候，正值旅居上海的第一個深秋。不少朋友陸續問我是否第一次在上海過冬，聽我說是，他們全都意味深長地說：「上海冬天，冷喔～～～」。尾音拉得老長，長得必須使用三個波浪狀的網路語氣符號，表達對我亞熱帶身分的同情。

以秦嶺淮河為界，上海在中國算是南方，因此不像北方城市如北京有公家集中供暖。然而，上海的冬日也是接近零度的。日子一天天過去，手機上顯示的溫度一度度往下掉。就算暖氣和煤油爐鎮日地開，膝蓋以下也都是冷的。那時非常羨慕租到有附設地暖房子的朋友。

我披著毛毯搓著雙手到廚房燒水，泡茶，還要加點果醬。不然，整屋的冷那麼具體，彷彿要透出清苦的藥味了。

打開冰箱，那幾瓶豔紅橙黃襯著燈光，如夏夜晚霞。還不用放入口中，已經覺得暖了幾度。我藉由果醬，創造了自己的味覺炸彈，引爆歷歷往事。

不知如此反覆了多少次，總算，總算是撐過了第一個冬天。

拗執

除了覆寫，味蕾在異地還變得拗執任性，強拉著一種風味不放，因此囤積了茶包。

幾年前在台北常去的咖啡店裡，老闆推薦我以這茶沖製成的奶茶，從此一試成主顧。它的出身並不珍稀高貴，只是尋常的英國混合紅茶。雖然渡海而來以後，身價漲了些，但在英國超市特價時，往往不到兩英鎊就能買上一大盒。老闆熱心傳授我沖泡的時間以及茶水和牛奶的比例，我牢牢記住，並且堅持使用同樣的原料，連到了上海也想繼續頑固。

每次回台前，我都會估算剩餘的茶包數量，以便補貨。後來有陣子，這茶不知為什麼很難買到，向來不好意思請託出國朋友買東西的，也厚著臉皮拜託了。自己出國時，也採買了。後來也在淘寶上找到了，遇上賣得特別貴的，也都認了。總之是想盡辦法解決這事了。

但牛奶，哎，是一連串挫折的嘗試啊。不用說，自然是買不到同樣的品牌。況且，就算是同樣品牌，牛奶的風味取決於乳牛的品種、水源、食物等因素。乳源不同，風味就相異。

每回上超市的時候，我都秉持著實驗精神買一瓶小包裝牛奶嘗試。荷蘭的、德國的、比利時的、日本的……結果，它們有的太腥，如一方笨重的磚石，完全壓過茶香，吞下後如一層膠水，頑固地黏在上顎；有的淡如開水恍若無物，茶水少了恰當的乳脂引出香氣，就仍然只是茶水。最糟的一種，是既抹去了茶的風味，本身也惡作劇似地消失於茶水裡，變成一杯不知所云的熱……我都不知道該稱它為什麼了，姑且稱之為熱飲吧。

後來選定一個乳香稍嫌不足，但至少不會蓋過茶葉風味的品牌，將就將就。

既然無法完全複製，我開始往外找尋。若在路上看到來自台灣的手搖茶鋪，一定手刀前往購買；週末早晨經常打電話叫台灣早餐店外送總匯三明治和極濃極甜的奶茶；在杭州工作時，也時常造訪公司園區裡頭、台灣人開的麵包飲料店，點杯珍奶。即使這些奶茶通常一點也不香，珍珠往往煮得太爛，不加糖調味簡直乏善可陳。

可我喝得十分開心。

我們記住某種味道的過程，是先聞其味，然後以各種譬喻創造出抽象的感覺或具體的畫面，而後大腦便會將其深深烙印，永不遺忘。所以我們會說，酸甜的檸檬水，像戀愛的感覺；或是說薄荷那種冷冽的清新味道，恍若冬日下雪的早晨。

而我幾近瘋狂的奶茶之旅，則是一種倒序回推。

我想要回到島嶼上，想要在烈日下行走、感受那撲面的焚熱的風，因此藉由搜集品嚐熱帶的滋味，重新創造場景。奶茶的意義，對當時的我而言，是如此深遠而巨大。我就這麼一路喝回台灣。

經歷味覺的覆寫與拗執，回台一年餘，冰箱裡從沒有果醬，也不在早餐店買奶茶。仍然喝著那個牌子的茶包，但也不介意換其他的牌子試試。牛奶，是出國前用的那種。

不必加糖。

日子不那麼苦澀，大概也不需要那麼多甜味了吧。

原載於二〇一八年一月《文訊》第三八七期

在吉維尼打電話給你

我在想你的時候獨自去了巴黎，然後整個旅途都在反覆思索，我該在哪裡打電話給你。古董市集太眼花撩亂，各式小東西會打亂我的思緒，我一定會透露不該透露的心事；拉樹斯神父墓園太寂寥，Jim Morrison 的靈魂會冷眼打量我；雙叟咖啡館，那是萬萬不可，肩挨著肩的咖啡客將聽見我笨拙的說話，即使不懂中文，他們一定也會看見我漲紅的臉皮。

我想在吉維尼打電話給你。莫內的吉維尼。在那之前，我每分每秒都在為那一刻作準備。我將在那一刻打電話給你，如一朵在最高空爆炸的煙火。若我吐出莫名的言語，睡蓮池會將它全部吞噬。

往吉維尼出發之前，我去奧賽美術館見了他的畫，緊張如見你一般。之後再乘火車往吉維尼，興奮也如見你一般。

踏過兩旁芒草翻飛的泥土小徑，進入了花園還有深處的池塘。然而在這印象派的園子裡，我卻想像著超現實畫派的畫面：那裡的時間很軟，可以倒轉；相愛的兩人可以乘飛馬離去。

緊握著電話的手出汗了。我算了算時間，你那邊大約是晚上十點。我踱上日本橋，旋即又倉皇地走下來，忖度著該不該打電話給你。

其實，我「確定」要打給你，只是不知道在哪一秒才有勇氣按下撥號鍵。我想找一個最安靜最溫暖的地方。我站在一叢罌粟花旁，它們細細的長莖在風中搖晃，黑色的花心像個空洞，暫時收攏我被滿園花色擾得更亂的心。

關於「Hi」這個字應該怎麼說，我想了三個方案：

A. 音調高一點，聽起來玩得很愉快，只是突然興起，可以穿插跟同行友人的對話。

B. 低一點，帶著一絲期待，透露「我在遠方也想著你」的訊息。

C. 假裝不經意，以退為進。

屏息撥號。

「喂？」你的聲音穿過六小時的時差傳了過來，sleepy。我瞬間忘記我們之間隔著六千公里，還以為是我在公司而你從家裡出發接我的距離。

「Hi」我採用了C方案。「巴黎前幾天突然變冷，還好今天天氣很好」，「你這些天好嗎？」但之後的每一句瞎扯都更往B的方向傾斜。拙劣的演員。

「你可以來接我嗎？後天。」我深吸一口氣，為未來的見面預鋪線索。

「好啊，我去接你。」你一句話打開整個天光。

收了線，心跳從極速漸漸緩和下來。這時我才能細細分辨，方才踩過小徑後，轟然進入眼底的，是滿園的輕綠瑩白，再加上亂紅水粉、豔黃新紫。花園有拱形隧道層層延伸，整體的長軸設計帶點法國味。然而繁多的花種及樹種加以刻意不修剪整齊的園藝手法，最終讓它成為了追求自然狀態、熱情奔放的英式花園。如同我再怎麼努力想要規範對你的感情，它就更像野草野藤一樣，從各個角落發怒似地竄生起來。

他晚年多在住家旁的大型畫室裡作畫，門一打開，便面對整個睡蓮池。同樣的景物，怎麼畫都不膩。「你看那光線變化，只要移動個一公分，我就能再畫一幅！」他自豪地說。

我懂的。曾經在夜半起身，開了暈黃的燈，光線在你身上沿著腰和背脊，迤邐成一筆延長的筆畫，最後在你熟睡的臉上落了幾點光斑。我想伸手拿水杯因而移動了身體，光在你身上流動，肌肉起伏如沙漠丘陵。只要移動一公分，我也能再畫一幅你的畫。

兩天後，我同時懷揣著期待和絕望登上回程的飛機。期待見到你，絕望的是我再也沒有漂亮的藉口，可以讓你來找我。撇開我們起起伏伏的感情不說，所有跟車子有關的要求，其實你很少拒絕。不管是接送還是搬東西，我想你只是純粹喜歡坐在車上、方向盤從手掌中溜溜迴轉的感覺罷了，至於是做什麼事情，你倒也不是那麼在意。

起飛後三十分鐘，窗外的景色就凝結了，同樣的雲，一味的白，教人不禁懷疑起飛機是否真的在前行。錶面上的數字往前走，我以反方向計算到你身邊的時間，這單調重複的活動讓我不致在旅途中發瘋。

到了，終於。

你那台車，為了減輕重量而拆光了所有跟賽車無關的裝備。你為我裝回冷氣，現在不知道為了誰又裝了音響。惡作劇似的，此時它流洩出 Cia Cia 揪人心腸的歌聲：

「我知道你早已拆穿我的詭計，這的確也讓我覺得丟臉。」我紅了耳根。

「一起吃晚餐？」我若無其事地問。

「不了，還有事。」你微笑著說。

我在莫內的吉維尼打電話給你。我在想你的時候遠行，看你是否也會想我。

但需要如此迂迴測試的愛情，答案就像白床單上的血跡一樣，那麼明顯而殘忍。

快感延遲

幼時從家裡坐公車到新竹市區，快的話，大約20分鐘即可到達；若坐到的是每站都停的普通號，則要將近30分鐘。上車前，爸爸會分發給我和哥哥一人一瓶蜜豆奶，有時候是果菜汁。

我非常擅長將這一瓶250 c.c.的獎賞平均分配給每一秒鐘。我反覆進行一連串精密的動作：吸啜一小口，迅速以舌尖堵住吸管，然後並不馬上嚥下，而是讓它如石縫泉水般鑽過門牙縫隙，在舌與上顎之間形成的洞穴裡潺流。舌頭和兩頰的肌肉合作，讓果汁緩緩往喉頭流去，到了不得不的時刻，才鬆開喉頭，讓它墜下。甜味如一條小蛇在味蕾間曲折蜿蜒，一路延伸入腹。

當車子拐個彎進入了中點站，我掂掂手中飲料的重量，如果太輕，感覺已喝了超過一半，那就放慢速度，更加小口地喝。如果過重，那麼就可以增加每一口的分量。

最後總能在到達目的地的時候，恰好喝完。把車程的每一分鐘，都填滿甜蜜的汁液。

到巴黎旅行，借宿表哥家，日日早餐都吃一片浸滿蛋汁的法式吐司，加上一杯優格。晨間打開窗戶放貓出去玩耍後，極適合發呆。選根小湯匙，浸入，而不舀起，只讓白色優格沾上匙面，以唇將它抿入口中，讓它如膠一般夾在舌與上顎之間，分次嚥下。如此便能將一杯優格，拉長為20分鐘的長度，陪同頭腦從前夜的渾沌中醒來。

如同許多快樂的事，在用完它所能供給的熱量之前，我小心地以最小單位消耗它。當我發現我的心因此雀躍時，我甚想將全身毛細孔幻化為眼，努力看清它的樣貌。想在手上再長出千百隻手，感受那每一方寸的形體。怯怯捧在手上，深深嗅吸，讓氣味分子撞進鼻腔，傳達愉悅快感予大腦。如此許久，才敢啟齒以門牙細細刨下碎屑，讓它們在舌上融化，我舔拭、囓咬、吸吮，感覺它在分解，我不想要它被吸收，我想要它在體內爆炸，散彈槍般深深嵌入。血肉模糊融為一體的快樂，我感覺到了。

Elon Musk 多年來一直努力實現他的火星計劃。寫此文之際，他正發射了 Falcon Heavy 獵鷹重型火箭，並將一台 Tesla Roadster 及假人駕駛送入太空。順利的話，他們將沿著橢圓軌道環繞太陽運行，最遠將遠及火星。

到了Musk能親自登上火星的那一天，我猜想，他會捨不得登陸。他會在進入大氣層前，仔細把這個星球的每一個角落都刻進眼底，像探索戀人臉龐般地端詳仔細。他會在登陸前的準備過程中慌亂無比，也許耳邊會響起David Bowie的歌〈Life on Mars〉，也是這次Tesla Roadster車上播放的音樂。他將如此畏懼踏上這個夢想已久的星球，甚至想掉頭離去。

站在正中午的電影院前，我在等你。忐忑不安地，我的靈魂脫離軀殼，從外看著自己，左邊的肩膀露得多了一點，拉上一些；再看了看，還是往下拉吧，右邊也要再拉下一點。心情如同領口一樣高低起伏。

遠遠的，你來了。我的眼睛開啟了高速攝影。

人類的眼睛在看影片時，一秒必須要包含24格以上，才不會看起來有停滯感，一般攝影機即是這種規格。高速攝影的原理，即是在一秒鐘之內拍攝更多的影格，再將片子以正常一秒24格的速度播放。假設一秒鐘可以拍上1000格片子，你就會看見原本一秒的時間，被拉長為超過40秒，人們在影片中過著放慢40倍的生活。我知道，那天我設定的速度，比這還要慢上許多。

50步的距離，一片葉子掉落在你的左肩，又飄落地上；49、48、47，你右手插入髮間順了順髮流，又收回外套口袋；37、36、35，賣和菓子的小販出聲招呼你，你點頭示意說不用了，繼續前進；25、24、23，你看往我的方向，又迅速把目光移開，再抓了一下後腦勺的髮。14、13、12，你越來越近，而我開始希望這段路永遠走不完，如此一來，你便是永遠朝著我的方向。

然而，5到來了，接著是4……3……2……1……0。踩著黑色的鞋，你著陸在我面前。

之後的電影情節已經不復記憶，只記得當你終於站在我面前時，那一瞬間，全世界我只聽見自己突然拔高的心跳聲，如酬神宴上的鑼鼓一樣震耳喧天。

原載二〇一八年九月二十四日《自由時報》副刊

在一間溫柔的咖啡店

我對咖啡店的分類，是以目的來區分的：適合與人相約的，適合吃喝的，適合讀書的，適合工作的，適合一個人的，適合兩個人的，適合一群人的……而沒有，沒有一間店是適合寫作的。卡夫卡不是說了嗎：「寫作是在徹底揭露自己的內心……這正是寫作必須獨處的原因。」在咖啡店寫作，對我來說簡直就在眾人之前裸體一般。

除了少數熟識的口袋名單外，要找到一家神魂契合的咖啡店，這難度不亞於遇到一個好人並且與人家談上一場好戀愛。不僅裝潢光線氣味必須合意，聲響也是關鍵，音樂若不合耳，教人心躁難安，若太合胃口，又老是把魂給勾走。若是去工作，則桌面大小得足以攤放筆電與筆記，座椅得好坐，得不限時間，其他客人得不那麼高聲談笑；其他如空調溫度等種種細瑣因子，也都暗自牽動著潛意識裡的好感度。對於一個高敏感族群如我來說，如能找到一間可以安坐的店，那可真是神明保佑了。

這樣的咖啡館就如一條被磨蹭到極軟極貼身的被毯，得花時間找尋，之後還得花更多時間與它消磨，如一隻待睡的小狗在那裡蹭出適合窩放自己的形狀。

我常常想起這一家店。

初識它是因為免費無線網路，非常不浪漫的理由。

獨居時過了好多年沒有網路的生活。在工作和工作之間的空白裡，我有時也接案，為了把檔案寄出，得到處蹭網路。我會捧著筆電，在家中各個角落走動，有時甚至搬了椅凳到走廊上蹲坐，就為了搆著鄰居訊號的極限邊緣。簡直像宇宙裡為了與休士頓地面指揮中心聯繫上，無所不用其極的太空人，逐訊號而居。

但有時訊號就像無情的分手戀人般決絕，情急之下還曾揮汗跑到最近的捷運站，站著使用剛剛上路、非常不穩定的市民網路。

聽聞東區有家咖啡店，提供當時還少有的免費無線網路，大喜。查找了地址，我背上筆記型電腦，跨上銀色小Dio，風塵僕僕地前往。

是真的呢，網路穩定，空間純白但不清冷，客人都安靜做自己的事，他們各自被自己吐出的煙霧圍繞，形成一個個獨立的星系。我每天都點一樣的食物——一杯牛奶。雖然是以咖啡出名的店，我卻因失眠無法入口，嚴重的時候連茶都不喝。而且我的口袋不允許我多點餐，經常靠著一杯牛奶，便坐了一整個下午。

偶爾，老闆會默默從我身後遞上一個剛煎好的荷包蛋，他總說多做了一個。蛋煎得極好極嫩，不似早餐店那種大火澆油煎出的焦脆，而是精巧地對摺成一個半圓，蛋白薄薄覆在半熟的蛋黃之上，上頭還撒了粗粒的鹽和胡椒。我投以感激的眼神，送進口裡，如此便足以撐到晚餐之時。

後來那兒成了我的基地，日日報到。我在那裡和遠方的朋友有一搭沒一搭地在線上聊天，日子過得很快又很慢，現實既近又遠，人生看起來長路迢迢，每條路都指往不同的方向，我很茫然。

但是在那裡坐再久都沒有關係。不被現實接納的，在那裡可以安坐，可以蜷曲而不被打擾。我在那裡寄出案子和履歷，也在那裡等消息。

彼時心裡遠遠地喜歡著一個人，同時我也知道，另一個女孩在他工作忙碌時，日日替他餵貓。他的心，恐怕也將被漸漸馴養了。但每回打電話給他，他總耐心聽我的叨絮，只是從不答應我忐忑的邀約。

不知這樣過了多久，一天他說，「我們約在這裡見面吧。」原來那家店也是他舊日常去的地方。

我努力地將睫毛膏堆疊到自己也沒見過的長度，穿上非常高的鞋，讓自己看起來不要那麼稚氣（呵，是甚至擔心青春過盛的年紀啊）。來到熟悉的店門口，吸氣推門，看見他已坐在小桌的一邊等待。

我們點餐，我們吃飯，我們等待恰當的時機提起我們的事。

終於他說，他很喜歡與我聊天的時光，但是……現在身邊已經有了陪伴的人。

時空乍變。周圍突然沒有聲響了，一切以慢動作呈現，我可以穿過皮囊而看見他靈魂的動態。

他要放手了。

但我沒有受傷的感覺。因為他沒有不顧慮我的感覺重摔在地。他把我的心意放回我的手上，輕輕地還給我。

「是喜歡的，」他說，「所以必須保持距離。」眼神沒有閃躲。

那是我聽過，最溫柔的謊言。

冷的

住院

有很長一段時間，我住在醫院裡頭。不，不是生病了，我也不是醫護人員，只是，住在裡面。

那是一家婦產科，一樓是診間，二樓有產房、育嬰室、幾間讓產婦休息的病房。醫生上了年紀之後，便很少接生了，通常是做做產檢和尋常性的婦科看診，因此二樓經常是閒置的。

其實也沒有聽起來那麼奇怪。這家診所的擁有者是父親的一位舊識，善心出讓空房讓我借住。爾時我剛開始在廣告公司上班，薪水和待在公司的時間成反比。借住讓我稍能喘息於大城市的生活壓力，也緩解擔心我獨身在外的父母之憂。

搬進去的那天，沿著診所櫃檯旁邊的樓梯拾級而上，最裡面的，就是我的房間。和一般的醫院病房一樣，房間中央有一張金屬病床，四周的欄杆可以調整升降，方便病人上下床。旁邊一張長形座椅，其實就是個上頭鋪了一層泡綿座墊的木箱，是讓陪同親友歇坐的地方，也可躺臥。有衣櫃，有衛浴設備。也跟醫院一樣，這些東西全都是清一色的米白。窗簾是西藥裡常見的那種淺青綠色，看著看著就覺得嘴裡有點苦。

醫生娘問我要睡哪張床，我想像自己睡在金屬病床上，有點不踏實的感覺，覺得可能隨時會有人進來將我推進手術房。最後選了那個大木箱，我拿出自己的被單床單準備鋪上。

啊，也是淺青綠色的。

病症一：失孤引起靈肉分離之幻覺

我摩挲著我的黑色 iPod。「生命與死亡就像是開關一樣。」賈伯斯這麼說，據說這是他為何不在 iPod 上單獨設計一個開／關機鍵的原因。

我們無從選擇開始與結束。「啪！」生命就開始了。「啪！」生命就結束了。前一天還在昏黃的夜燈下看著父親沉睡的臉，這一天，他躺在急診室的病床上（那是病床還是一張檯子？我不確定，沒有心思確定），彷彿陷入深深的睡眠。伸手想摸摸他的臉頰，心頭一驚，冷的。

想起國中老師說起母親過世的經歷，「有時突然想起有件什麼事情要跟媽媽說，接著又猛然想起：啊，我已經沒有媽媽了啊……然後眼淚就掉了下來。」

「那會難過多久呢？」當時十六歲的我想要估算傷心的長度。

「好幾年吧。」老師說。

我驚愕。

沒想到開關按上之後的黑暗，竟然會這麼長。而今親身經歷了這撕裂之痛，身體仍然維持著日常作息，起床、出門、上班、開會……但意識彷彿第三者般冷眼旁觀，質疑身體何以能繼續運作，當愛失落了對象，硬生生地斷在時空裡。

病症二：失眠導致精神恍惚

我開始夜不成眠。晚上，躡聲走到房間外的飲水機倒水。穿著睡衣的影子倒映在育嬰室的大面玻璃上。我把額頭靠在玻璃上望著裡面一格一格的育嬰箱。曾經有一個又一個甫出生的粉紅色嬰兒在裡頭噫噫呀呀地哭叫，揮動小小的四肢。旁邊的產房，曾經有許多母親聲嘶力竭地努力將孩子送到這個世界上來。如今一切聲響都消失了。啜了一口水，那吸水的聲音迴響在空蕩蕩的走廊。突然覺得害怕了，趕緊回房。

偶爾會有產婦住進這裡過夜，家屬們圍在年輕母親的旁邊，聊著家裡的瑣事或政治。醫院的個人病房是一種極其特殊的隔離環境，將其中的人們與日常生活切割開來。在這裡沒有碗盤要洗，沒有衣服要曬，周圍環境純白得像是太空艙或某個不在地球上的空間，因而人們忘了時間、忘了音量。有次我不得不在半夜打開房門，懇請家屬們放低聲音。

「不好意思，可以請你們小聲一點嗎？」

「啊，歹勢歹勢……」

他們大概也沒料想到還另有別人住在這兒，著實嚇了好大一跳。一個穿著藍白拖抖著腳大聲說話的年輕人突然放下腳坐挺，連聲說對不起。旁邊上了年紀的老人家也不好意思地反覆摸著衣角。他們被我嚇著的程度，彷彿我是寄生在那兒的鬼魅。

沒有其他人住院的夜晚，診所安靜極了，白色的牆吞噬了所有聲音。長嘆一口氣，尾音還沒出，前半段已經遺落在寂靜的空間裡。在這種情況下，若是大聲地放音樂，有一種面對空無一人有些尷尬的感覺。喜歡的歌手和樂團們只能隱匿在iPod裡，拘謹地小聲唱歌。他們不睡，我也不睡。

病症三：失語引起之困窘難堪

在陰暗的後陽台與老舊的洗衣機奮戰。水管不知怎麼的，老是漏水，肥皂水嘩啦嘩啦地流了一地。正在想辦法把水管硬塞進排水口，醫生的女兒經過，突然問起我過得如何，其實我過得糟透了，父親過世後情緒低落膠著。基於禮貌，我強打起精神說還可以。

「薪水還過得去吧？需要拿錢回家給媽媽嗎？」她又問。

一連幾個難以回答的犀利問題，問得我愣住了。但其實她也沒有冀望得到答案，「我也住過外面，拿很少的薪水。」她突然說起自己的事。

「雖然住外面要房租，但我覺得要過怎麼樣的生活，是可以自己決定的。錢少有錢少的用法。我也不希望爸媽再為了這件事吵架了。」

此時腳邊的肥皂水漫了出來，弄濕了腳底。我面紅耳赤。洗衣機轟隆隆地大聲嘶吼，一邊用力絞著我的衣服和思緒，一邊不賞臉地繼續漏水。雖然地上的肥皂水只有一公分高，我卻覺得整個人都即將滅頂，嘴裡無聲地囁嚅，在尷尬的水裡吐著困窘的泡泡。

「洗衣機怎麼了？以前不會這樣的。」她瞄了眼我的腳邊。

「我會拖乾的，不好意思……」

微薄的薪水讓我無力另覓住處，我開始精心安排種種不與她交身而過的迂迴。

病症四：失戀導致思緒癱瘓無心工作

過了門診時間，診所的鐵門便會拉下一半，表明不再接新病人。晚上下班回到診所，得彎腰低頭，鑽進門裡。我沒有那兒的鑰匙，所以若是加班到深夜，鐵門已完全拉下，就得按下門口設置的緊急服務鈴，吵醒住在樓上的護士阿姐。一兩分鐘後，護士阿姐亂著一頭頭髮，睡眼惺忪地摸下樓來為我開門，我只能盡量把累垮的臉皮撐出一個充滿歉意的微笑。

那時我和一個香港人斷斷續續談著一段膠著的感情。他說感冒了想好好休息，取消晚餐之約。我特地提早下班買了碗熱粥，用他交給我的鑰匙在住所等他。等呀等呀，等到的是他的香港腔調和軟甜女聲從門外傳來。

站在診所前，「我還是離不開她。」他說，肯定的語氣像個自負的醫生。

「為什麼？」我挑眉質問。

「她什麼都不會啊！你很堅強，沒有我也ＯＫ的。」

我轉身如鰻魚般游進夜晚的冷清診間。

我做廣告，但生活怎麼不像廣告一樣精緻漂亮？

Cut 1／女主角穿著時髦的上班裝扮準備出門。／BGM: I'm Every Woman

Cut 2／女主角出門，伸手招呼計程車，優雅地坐上。／SE: 車水馬龍的引擎聲

Cut 3／會議室裡，女主角自信滿滿地發表簡報，贏得滿堂彩。／FVO: 簡報聲

Cut 4／晚上七點，一名年輕男子前來接女主角下班。

Cut 5／兩人前往高級西餐廳用餐，不時相視而笑。／BGM: I'm Yours

Cut 6／男子驅車送女主角回家。／BGM: Feels Like Home to Me

Cut 7／兩人互道晚安，男子依依不捨，女主角瀟灑地揮揮手，轉身上樓。產品

fade in，畫面全黑。

這樣的情節通常都有個回馬槍。

Cut 8／男子確認女主角上樓後，掏出手機撥打另一個女人的號碼。

病症五：失業引起焦慮及抑鬱

主管把我叫進會議室。只有我們兩人，她坐在我對面。還沒說話，她倒是先紅了眼睛。

「我沒辦法再繼續用你了。」她哽咽著說。

「……」還沒來得及反應，我沉默。

「你動作太慢，學習意願不夠強。」她下了診斷。

「我願意改，可不可以……」我發現我又在尷尬地吐著泡泡了。

「太晚了，現在我需要一個快手，你就做到這個月底吧。」她用手背拭去眼淚。

決定已經做好，我只是被告知。和其他的事情一樣。

我的病症越來越多，卻始終無法對症下藥。

每晚我以馬克杯喝伏特加，在狹小的病房內，我舞啊扭啊喝啊，追求意識脫離腦袋的那一瞬間。我在不同的夢境間跳舞，白色的安眠藥如同列車般將我載往不同的場景。「帶我到那個地方好嗎？那裡的夢不會斷裂，兩端切口俐落而完整。醒來的人們飽滿快樂，睡前分裂成兩半的身體將會回復成一體。」

夢中的囈語是最真實的願望。

坐公車時，廣播裡的新聞播報員一本正經地說，政府許多專線服務都被民眾占用，有人打電話到防詐騙專線訴說心事，把員警當成張老師。「阮為何，為何淪落江湖，為何命這薄……」一個滄桑的女聲從喇叭裡透出。

是怎麼樣的寂寞啊，促使一個人拿起話筒，撥打一組與她的心事不相干的電話，亦不管對方的反應，自顧自地唱起來。這樣的行為也像醫病關係，病人說著說著，有些與病症相關，有些只是瑣碎的心事，彷彿拋出一張一張小小的網，企圖網住與醫生的相處時間。這時醫生是否是醫生也不重要了，他是一個出口。

我想要一個出口。我排在樓下那一長列病人的最後一個。

護士阿姐招手示意我靠近，她湊近我的耳朵：「你要看醫生喔？晚上再跟醫生說就好啦，不用排隊啦！」

「我想排啦，沒關係。」這樣才有看病的感覺啊。

進入診間，醫生的眼睛疲憊而充滿血絲，看見我仍笑了笑：「怎麼啦？」

「沒什麼啦，就平常也很少跟叔叔講話……」

「坐坐坐，」醫生指指圓凳。

我們生疏地交談著，但我們不談當下發生的事，那太切身，太彆扭。我們談當年我父親怎麼追求母親，談父親那時在學校多麼意氣風發。醫生身上的白袍已經洗得很舊了，變成了有點像白米的顏色，邊緣有些纖維的觸鬚隨著鼻息一陣一陣的飄著。透明塑膠桌墊上擺著一疊帳單。牆角的油漆因為受潮而隆起疹子般的壁癌，撲簌簌地掉下粉淚，在地板上聚成一個一個小小的塚。

「那個……不好意思啊，你爸爸過世後沒怎麼跟你聊……」醫生舉手搔著灰白的髮。

「沒有關係啦……」我還在思索該怎麼接話。

診間的內線響起，醫生娘的聲音從話筒裡傳出來：「今天不是要談那件事嗎？」

「好好好，馬上就回去了。」尾音未落，電話掛了。醫生給我一個抱歉又尷尬的笑。我知道看診結束了。

回到病房，我躺上床，像一個聽話安靜的病人等待治療。白色的牆高大厚實，彷彿主治醫師般垂眼俯視。我突然明白，我寄住的這些日子裡，醫生很少主動問我過得如何，不是因為不關心，而是他的生活也沒有比我好過。在生活的夾縫中，彼此錯過才是正常的。醫生，也只是肉身。

搬家當天，貨運工人的汗水滴在裝著我簡單家當的幾個紙箱上，一圈圈滲進瓦楞紙板裡頭。醫生手背在身後，以擔心的口氣問我：「確定要搬走嗎？還可以再住，沒關係的。」我笑著點頭揮手。

卡車駛離了診所，又慢慢停了下來。新住處樓下，有一排小葉欖仁展開臂膀。風經過，綠金色的葉片在陽光下隨著氣流漫天飛舞。

「出院了啊。」我對自己說。

本文獲二〇一五年第三十八屆時報文學獎散文組評審獎

手的姿態

某些電影裡，家屬淚眼婆娑地前來認領屍體時，他們是這樣演的：站在遺體旁，先是不敢相信眼前所見，摀著口。看著看著，渾身顫抖，最終忍不住伸出手撫摸那死去之人的臉龐。是那種將整個手掌貼住的摸法，摩挲那眼窩、顴骨和下顎，甚至把頭靠在其上放聲大哭……

才不是這樣的。

《雙面葛蕾絲》這部驚悚影集裡頭，女主角最親密的姐妹死於墮胎後的血崩。面對滿床鋪的血跡，和怎樣也喚不醒的姐妹，葛蕾絲顫抖著伸出手，想要確認她是否只是熟睡不醒。在指尖才微微碰觸到她臉上皮膚的瞬間，葛蕾絲猛然抽回手，她纖弱的背狠狠撞上牆壁，彷彿那蒼白躺著的是一具通了高壓電的軀體。

對了，是這樣的。

觸摸的方式，不會是把整個手掌貼上去。對於不確定的事物，人不會這麼坦然。你不會用手掌，甚至可能也不是指尖。指尖太直接。你會下意識地收起敏感的部位。你也知道你即將接觸的，跟日常所有其他都不同。

那天，我用的是蜷起的指背。指尖是正面的，是渴望探索的；指背是反面的，是懷疑的，是謹慎試探的。觸碰的瞬間，手指會驚嚇於那超出想像的低溫。照理說，還沒有放進冰庫，那溫度應該也就跟室溫雷同。即使在冷天，約莫也有攝氏十度吧。但從皮膚傳來的感覺，卻像是零下好幾十度。預期的心理和真實產生了斷層，大腦瞬間失能。

我幾乎想要張開手掌去確認，怎麼會呢？該動的沒有動，該暖的並不暖，該回應的，只是僵直。但剛才冰涼的感覺還留在那一個指節上，大腦仍然關閉，我只能緊緊握住拳頭，裹住掌心。

掌心是善意的地方。

母親的手很漂亮，掌心紋路很少，即使她從小便要操持家務。我中學時一次病重，連續多日高燒。每日除了吃飯洗澡之外，幾乎都在臥床養病。母親來到床邊，伸手探摸我發燙的額頭。「好可憐喔。」她憐惜地說，手掌承著我的左臉頰。

母親向來極少以肢體表達她的關心。那一次病榻前的柔軟，讓燒燙如一只蒸餃的我在迷濛意識下，幾乎覺得是一場夢了。

有一次我在毫無戒心的狀態下，向一隻搖著尾巴的大型犬直接伸出手掌。結果牠一躍而起，張嘴往我咬來……我縮手慢了一些，牠的尖銳犬齒撞上我的手指，刻出一顆倒三角形的齒痕。所幸沒有咬破皮，只是瘀青了好多天。

後來有人告訴我，想給不熟識的狗兒伸手示好的時候，應該握緊拳頭，而不是張開手掌。這樣子若牠不領情張口咬你時，還有機會硬將拳頭從牠的口中旋出。若是以手掌伸向牠，那牠的利牙極可能牢牢咬入手掌，讓你掙脫不了。

之後我學會了，我會握著拳頭給牠聞聞手背。若牠看來不那麼緊繃了，就將拳頭的內側轉向牠。牠如果繼續釋出善意，此時就可以慢慢地將拳頭鬆開，牠通常會好奇地聞聞我的掌心。這時手指就會恰好在牠的下顎，可以輕輕地搔搔牠，摸牠的臉頰，最後手掌才能沿著臉頰攀到牠的頭頂，拍拍。

漸進式地釋出掌心，是一種必要的過程。突然直白地攤開，而對方猶豫時，張開手的人就陷入了該收手還是繼續攤開的兩難境地。

在巷子裡停好車，你們並肩走著。你伸出手，掌心朝上，向男孩索討他的手。他當時笑著牽起了，掌心被粗糙的手包覆的觸感，你還記得。後來他也絕然地放下了。兩隻手脫開的瞬間，被你用指尖記憶著。

那麼冷的、那麼熱的，都深深刺在手上。

為痛立像

在冬天的時候飛往重慶旅遊，去吃小麵、去搭橫越長江的索道。一路上，販售荸薺的小販隨處可見，他們在路邊用小小的彎刀削著荸薺。當地人是當水果零嘴那樣吃的。去掉黑褐色的皮後，一袋袋雪白的心，放在小販腳邊，秤斤秤兩的。

一名約三十來歲背著嬰孩的少婦「啊！」地一聲叫了出來。削到手了。

「快點快點，按著按著。」一旁為人挑擔重物的「棒棒」大叔遞上自己脖子上的毛巾。

「哎，還剩個大半包，不能賣啦。」比起手上的傷，少婦更擔心無法做生意。

「明兒個再說，啊？」旁人都勸她。

她單手把刀和荸薺都丟進一個布包，走了。

一顆沾了血的荸薺躺在地上。剛剛還捧在手中的，被丟棄得這麼決絕。

第二天大清早在導遊聲聲催促中坐上了開往大足的小巴。大足的寶頂山和北山有著始於南宋、千千萬萬沿著山壁開鑿的佛教石刻。

入口處，柳本尊的十煉圖狠狠地烙印在眼球上。他發願，捨棄自己肉身的一部分，以度化眾生。一煉指，二立雪，三煉踝，四剜眼，五割耳，六煉心，七煉頂，八捨臂，九煉陰，十煉膝。他不自己言述肉體之痛，而後人將他刻在石上，牢牢記住。

相反的，我們有時以刀卸了自己手腳，他人還滿心懷疑。

平時已經準備睡覺的時間，那時才正在鏡子前刷著睫毛。三倍濃密，加長纖維，防汗防水。粉底，不用了，直接刷上蜜粉，反而不會有跳舞過後脫妝的顧慮。唯一選擇Anna Sui，蜜粉裡頭有香香細細的亮粉，刷在臉上、肩上、鎖骨上，在夜店的雷射燈下、隨著舞動一閃一閃。

位於和平東路地下室的舞廳，肉體挨著肉體，舞姿摩擦舞姿，酒味混雜香水。朋友戲稱這裡是人肉市場，每個人都在打量自己想要的部位，秤斤秤兩，評估代價。我只是想跳舞，把對你的思念從毛細孔中排出。

才下場跳了兩首歌，就遠遠看見小黛灌完三杯 Shot。

「喂！你們沒人攔她喔？」我從舞池裡鑽出，瞄了一眼其他朋友。

「她就說她要喝啊。」他們都嘻嘻笑著。

正要發作，小黛突然衝進了洗手間，來不及打開廁所門，就在洗手台吐了起來。

我貓步尾隨，撈起她的長髮，以免沾上穢物。她一邊吐一邊哭，破碎的語句從唾液和酒液中飄出，我隱約聽見：「他幹麼……幹麼帶她來啊？這裡……這裡是我跟他的地方耶……我跟他的……是我的耶……」

我沒回答，反正她也不是真的要一個答案。待她連胃液都吐完，放下為她撈髮撈到已經麻木的手臂，跟吧檯要了一杯水。她抽抽噎噎地喝完。

「走吧。」我拿了兩人的包包。

「馬的，都快半年了，怎麼還是這麼痛啊？」小黛一邊拿著黃銅色的鑰匙往門上亂鑽，一邊嚷嚷。

我摸摸她的頭，「記得洗澡。」

自己再攔了一輛車。凌晨四點，我喜歡這個時段，週五跨進週六，夢與現實的模糊邊界，痛和不痛有機會交替的地帶。

計程車飆飛在街頭，從盆地南邊斜切到市外。原本安安靜靜的黑色街頭，大卡車、小貨車突然多了起來，原來是果菜市場的批發早市已開。

高麗菜一顆顆堆在竹簍裡頭，菜農扛下整袋洋蔥，白蘿蔔身上的土還濕著，菜葉的氣味隨著風向撲進計程車裡，和殘留的香水味混在一起。那時候我擦的還是YSL的Baby Doll情竇香水。清新花果香調。前味：大黃、青蘋果、黑莓、葡萄柚；中味：鳶尾花、野玫瑰、薑、荳蔻；後味：桃子、石榴、香柏。香甜的女孩氣味，用以掩飾心裡的腐臭之處。

碎了喔，我在自己胸腔裡反覆確認過了。血肉模糊的碎片滲近底層的黑土，土又往內場陷了下去，成為一個空洞。空洞，所以裡面應該是空的，應該感覺不到疼痛，不是嗎？已經被截除的肢體卻彷彿還在那裡一般，感受著不存在的劇痛。是身體在悼念已經失去的部分，哀哀矜矜。

為了擺脫疼痛，所以我必須站到舞池中央，得到眼神。眼神足以短暫止痛，忘記你又回去了她身邊，忘記你接起我的電話後說：「不管我們有過什麼，請你把它忘了。」

初識的時候，我們以言語為磚、文字為木，堆砌著想像。我們期待後來的相處，能服服貼貼地與想像契合。然而現實中的我們那麼笨拙，把言語使成一把傷人的刀。我們經常錯失彼此真正的心意，激烈地爭吵著。當下我幾乎可以嗅到稀薄微苦的焦味。壞了，沒救了。挽回的話總是才出口就被攔截，你對你的心下達了鎖國政策。

我不死心，企圖以各種方式證明愛情還在。

我在居所內自言自語，轉向不存在的陪審團，展示手頭上的證據。

證物一，連號的電影票根。

證物二，情人套餐的發票。

證物三，即時訊息的截圖。

「偽證！」隱形的法官說。

「才不是！」我反駁，「他真的跟我在一起的！」

陪審團通通轉過頭去。

我還會苦苦等候一個節日，裝作不在意地拋出問候。沉沒，沉默。所有的通訊軟體都不作聲。

我受傷了。但無形的傷口無法當作呈堂證供，無法言傳。導致我不斷繞著那個苦痛的核，反覆打量、思索、想盡辦法動用所有的感官去感知，用各種媒材去描寫、描繪、重塑。在這過程之中，一次次把自己丟入現場，把心一次次擲入烈燄，任痛苦的回憶一次又一次鞭笞裸露的身軀。感覺更痛一點、更深刻一點，才有辦法將它定型，轉身展示給他人觀看，並期望他人得以感知。

只是徒然。

畢竟關於疼痛這件事，連無賴的太宰治都感到無力了：

「我偽裝成騙子　人們就說我是個騙子
我充闊　他們就以為我是闊佬
我故作冷淡　人人都說我是個無情的傢伙
然而
當我真的痛苦萬分　不由得呻吟時
他們卻認為我在無病呻吟」

他憤憤地在作品裡控訴。

跟在這團遊客的最尾端，來到了華嚴三聖處。毗盧遮那佛在中，左右是文殊菩薩及普賢菩薩，每尊造像都有七公尺高。匠人們巧心將佛像造得微微往前傾斜，頭部也刻意留得比正常的比例更大一些。如此一來，當人們仰頭時，便不會因為角度的關係，覺得菩薩的頭變小、變扁了，甚至會覺得菩薩向你傾身而來，準備一探你的憂傷。

我仰望，菩薩低眉。他看得見我那些無形的傷口嗎？雖不得知，但我還有一個可見的傷口喔。左小腿內側，大大的燙傷遺跡。

那時我們已經在言談間提及分開，牽牽扯扯地，還放不下。你臨時起意，要來接我下班，還要載我去跑一段山路。我自然欣喜，穿著短褲跨上後座，明日的會議、未完成的腳本……什麼都拋在腦後。

1300 c.c. 的重機，一加速就捲起極大的風壓，從前方緊緊壓住我的安全帽，身軀幾乎要被往後扯飛，滾滾引擎嘶吼也蓋住了所有聲音，一路上我們極少對話。我打開每一個感官，想要記住所有。記住山路旁的草味、濕泥，記住雙臂環抱你身軀的溫度，記住手指頭透過衣服感覺到的肌肉起伏……

跑完一段山路，排氣管正滾燙著。我還在為這短暫相處感到醺醺然，忘了先拉出腳踏板，結果下車時小腿內側便往排氣管上結結實實貼了上去，無聲地。當下我還試圖隱藏，但那著火般的痛迅速蔓延。你發現我扭曲的表情，匆匆拉我進浴室澆灑冷水。

其後我們感情漸淡，只剩我獨自往返醫院換藥。這個傷口連同看不見的那個，你決定全都不再過問。我日日濫情流淚，左手嘗試壓下右手，左腦向右腦一一列舉不該打電話給你的理由。

一日，防線幾近潰堤，手機已拿在手中……

「你爸媽把你生得這麼特別，他看不見是他的損失！」小黛不知什麼時候站到了身邊。

「這句話也很適合你喔。」我把手搭到她肩上瞅著她說，收起手機。

「煩耶！吵死了！」小黛咯咯笑了出來。

「我們要做彼此的見證。下次誰再這麼瞎，對方就要給她一巴掌，然後就要醒來。」她信誓旦旦，小手往我臉上貼來，假裝搧我一記耳光。

「好啊，這麼簡單的話當然好。」我也給她輕輕一掌。

「你的傷還好嗎？」小黛用菸指指我纏著紗布的小腿。

「很痛。但看久了覺得還滿好看的，很有病殘美。」我若無其事地說。

「是耶，」小黛從包包裡抽出單眼相機，「借我拍一下。」還指揮我在階梯上來回走動，認認真真地從各個角度給它拍了照。

幾天後，我的傷口出現在小黛的線上作品集裡。相片裡的我背對鏡頭，深藍短洋裝下，兩條腿正走上石階，兩旁有光引路。小黛用照片為我立了像，如千年前在山崖刀刀開鑿尊者形象的匠人，用旁觀者的眼睛證明了——受的傷曾經存在過，當初的信仰是真實的。

山頂寒風冷冽，左小腿的舊傷隱隱發癢。

它癒合得很好，不仔細看幾乎不會發覺。但那一片毛孔是死透了，無法分泌汗脂。走完長長的石刻古道後，我撩起長裙、翻起緊身褲腳，給它抹上隨身攜帶的乳液。油脂滲入，緊綳的癢止息了，又像是不曾受傷一般。

劫案

我和小時照顧我的保母阿梅一直親近。我跟著她的女兒們喊媽，叫她的女兒們姐姐，但稱呼她的先生為阿公。因為年幼的我認為他頭髮花白，是阿公的輩分。

幼時夏日躺在阿梅的床上，她手中的一把蒲扇總是往我這邊搖。我有時會把她的手推過去一點，因為她都沒搧到自己身上呀。「我不熱。」她總是這麼說。明明熱得髮絲都黏在頭皮上、午睡變得不那麼宜人了。搧著搧著，被我推過去的手又漸漸移到我這一邊，曬乾的蒲葵味隨著扇子一搖一搖，也一波一波地推著我睡著。

這個房間梗在長形屋子的中間，緊挨著客廳，是整棟屋子裡最容易被干擾的空間。但因為阿梅膝蓋不好，腳踝也動過幾次手術，陡峭樓梯對她來說是條遙遠的天堂路，縱使樓上有更安靜的房間，她也只能棲身在這裡。

過年期間，不到夜深人靜，阿梅很難在這裡好好休息，因為大夥鎮日地打牌。一塊一塊的牌子在桌上如漩渦般永無止境地迴流，喀拉喀拉，每一聲都重重擊著阿梅的耳膜和心頭，傷出一個個窟窿。

阿梅最痛恨人家打牌賭錢了。當年兒子拱她當保人，拿到的錢便在這種聲響裡面流向虛無，直到乾涸。紙上寫的是她的名字，不得已，她只能在五十多歲之際「創業」，開啟她的保母生涯。她前前後後總共帶了十個孩子，每一個都是她咬牙還債的見證人，而我是第一個。

那天我去探望阿梅的時候，牌桌上正緊張。阿梅在房裡也睡不著，於是便出來坐在一旁，瞅著牌桌生悶氣，那是她最大程度的抗議。即便大家只是打著好玩，她還是不開心，那聲音攪起太多苦味。

午飯過後，阿梅的孫女要出門打工。阿梅喊她過來，塞給她一個紅包。她推說不用了，要奶奶自己留著。阿梅執意要給，孫女又塞回。阿梅再給，女孩急了，大喊著「我在賺錢了啦！」把紅包往奶奶身上一丟，轉身就跑。女孩用一種很倔強的方式，表達她的心意。阿梅呆了半晌，慢慢把紅包摺疊再摺疊，準備收到外套的內襟裡頭……

「給我！」一隻手直直梗在阿梅面前。是方才涎著臉搓著手鑽進來的，阿梅的兒子。

阿梅的表情瞬間凍結，硬生生地瞥過頭去。她心裡明白，這錢他一拿，馬上就會拿上牌桌去賭光，當年把她推上還債苦路的，也正是這隻手。

阿梅把紅包抓在掌心，捏得緊緊的。

這男人手再一伸，我沒見過他對什麼事情流露過這麼堅定的表情。他掌心朝上，手臂挺直進逼，如一把劍抵著他母親的鼻尖。阿梅悻悻然，卻無處閃躲，極不情願地將那捏緊紅包的手微微舉起……紅包立即被男人一把搶走。我幾乎要驚叫起來了，然看看四周，似乎僅有我一人注意到這件事，大家還在牌桌上殷殷等待胡牌。我甚至想箭步上前為阿梅搶回紅包，但我終究只是個窩囊的旁觀者，頹然坐著。

劫走紅包的男人喜孜孜地掏出電話通知賭友，「我馬上到。」他如此歡欣著急，離開時連鐵製拉門都來不及關好，冷風颼颼穿了進來。

阿梅艱難地起身，說要去房間躺下。

過年是個微妙的時刻。人們以各種豐盛填滿日子的孔隙，招回四散的子孫與晚輩。平時各自不犯著彼此的，不得不被兜攏在同一個空間，在新年各種光鮮事物的掩護下，暗流滾滾。

後來我自己悶悶地氣了好幾天，覺得新年不過是隻被寵壞了的狗，咬了阿梅和我兩大口。

他只剩下片段

他只剩下片段，存在於我的腦裡。

有暴烈的。爭吵之後反手甩我一巴掌，鼻血無聲滴落胸前。

有溫柔的。幼時他領我去百貨公司買布偶。我拿了兩隻小狗，他問：再拿一隻吧？或者是站在雜貨店前，我仰頭看著屋簷下用圓形曬衣夾夾起的一包包乖乖、真魷味，他低頭笑問我要哪一包。

有沉默的。在我有次考了班上倒數名次之後。

有幼稚的。爭執後故意幾天不跟我說話，直到氣消。

以他的學識，我以為在頭骨碎裂之際，會從窟窿裡滾出金子般的物體，可以撿拾、可以保存。可是沒有，只有一地白黃鮮紅。

而我甚至不敢靠近。躺在地上的他，口唇動了一下，像說了一個沒被聽見的字，也可能是魂魄從口中飄向虛無的最後一個轉身。

急診室外，兩個小護士說說笑笑。我在慌亂中想起爸爸生前曾提到，關於如何處理後事的一些話語。我雙腳虛浮地飄過去：「請問……」

她們停止交談，望向我。

「遺體可以捐贈嗎？」我艱難地開口。

其中一個小護士回答：「通常要慢性病死亡的病人我們才會收喔。」

「那器官移植呢？」我不死心再問。

「已經來不及了。」她答得乾脆。

他從此就變成一個空洞，再不能被用。

我扥往那個男孩的臂膀，如小船駛進港灣。他說，他看過哥哥死去的模樣。車禍，橋上。橋有弧度，血從他身體下往低處流，一大片，像倒立的珊瑚。說完，他閉上眼，搖了搖頭，像是試圖把那個畫面甩掉。

甩不掉的，我知道。那是刻在眼底、灼在腦摺頁裡的。那畫面如奸險的惡人，在你快樂的時候故意現身，身影如一把匕首刺痛眼睛。日子久了，那身影的感覺像是轉為酸楚，雖然還痛，但已不至於從眼中湧出鮮血。但是還在的，一直都會在。

透過社群網站，小學老師的兒子找到了我，詢問我記不記得當年他們父親任教時的任何片段，他們想要為剛過世的父親編纂一本回憶錄。從他們口裡我才知道，那位可敬的老師最後並不是死於他老是戒不掉的香菸，而是巴金森氏症。

我盡力掏掘，找出殘存的記憶，也向尚有聯繫的小學同學們詢問，他們分別遞交了一些零星的碎片。我整理，一一轉述給老師的兒子。

看著他們慎重記住的樣子，我突然湧出奇異的羨慕感。

我也想要。

來呀，所有記得我父親的人都來，只要持有任何片段都能入場。來，圍坐成一圈，鬆開你腦摺頁之間的縫隙，讓那些記憶碎片叮噹作響地流洩出來。它們將彼此碰撞，擦出紅色藍色的星火。讓你的記憶疊合他的，影像如印刷分色的色版，層層疊出真實。打開你的眼瞼，如拉開一面捲簾，讓光投射出來，如一條河流映在空中。

會不會，我們從不同角度記得的他，就這樣金身顯現，融合成一個完整的人？可不可以，再將他移植到我的腦中，讓我記得全部？

演戲

那個眼睛很美很桃花的男孩去找指導教授的時候，會把眼鏡戴上，金邊的。

「當然要裝乖啦！」他得意地轉頭給我使個眼色，然後頭一低，收斂起方才吊兒郎當的神情，挺起胸膛，喊了聲「報告！」以拘謹的姿勢將捧在胸前的課堂作業遞給了老師，當然是雙手奉上。我站在他身旁，也盡責地堆起笑容，微微向老師點頭，彷彿我也是被評分的一部分。

一出辦公室，他馬上摘下眼鏡，將手臂掛在我的頸後，恢復成那種野野的樣子。

「走吧！吃飯！」

「先去領錢！」他一定會找到郵局的提款機才領錢，不浪費任何一塊轉帳費。這點他倒是不會打腫臉充胖子，畢竟肚子是自己的，萬一就差六塊錢，帳戶只有九百九十四塊，遇上沒有提供百元鈔票的機器，就領不出來了。

「嘿，剛好一千塊！」他晃著一張鈔票走出來。

其實我不是他的女朋友，我是他的……嗯，怎麼說呢，我答應跟他在一起的時候，不知道他是有女友的，他說他們，分手了。

「那這樣你不就是他女友了嗎？」你問。

「但他們後來又復合了……」我低頭。

「那這樣是他前女友變小三啊！」你打斷我。我真佩服你頭腦轉得這麼快。

總之，他們分了好多次。有一次的分手，他還跟我詳細說了經過：他說他們分手的那天，他一個人去騎了整個晚上的機車，一路放聲唱梁靜茹的〈分手快樂〉。他說起這段經歷的樣子，像在形容一場他看過的偶像劇，只是主角是他自己。

但這首歌的歌詞，是在祝福一個遇人不淑的女子，從今以後一個人也要快快樂樂地過耶。

「是你女友（口誤，是前女友），遇人不淑，不是你耶！」連我都想吐槽他。而且，那我是用什麼身分在聽這個故事啊？

跟他在一起的時候，我有時搞不清楚自己今天被分配到什麼角色。他還出神地描述那個夜晚，眼角濕潤，跟我們第一次見面的時候一樣，以淚催情。

認識的第一晚，我們在公園的溜滑梯頂端坐著聊天，他悠悠說起他和母親的悲情故事。父母離異，他和妹妹分別跟了爸爸和媽媽。母親另組了家庭，因此沒什麼機會再與他相處。他拿出皮夾，翻開一張照片，是高中時與媽媽的合照。此時他已眼角帶淚。

後來我發現這是他演練多次的熟門把戲。他是自己的觀眾，自己的歌迷，他完全融入了這自編自導自演的迷離狀態中，像是宮廟裡起乩的乩童。掄起刀劍，往身上一陣驟擊，拿起毛巾擦拭，然後像交報告一樣，遞到我鼻下。

「你聞，是血呢。」臉上掛著笑。

「這麼蠢的劇情，怎麼會看不透？」你瞅著我。

因為，要花好多年、寫了好多好多腳本，練出挑剔劇情的眼力以後，才看得出原來那是芭樂＋濫情＋蹩腳＋浮誇的總和呀。

「哪需要這麼費事！遜！」你不留情面。

「好啦好啦。」我翻了個白眼。

鏡子裡的你也擺出一模一樣的表情。

全職看片家

腰好痠。應該是躺太久了，可是我還不想起床。幾點了呢？才九點啊……再睡吧……

唔，又醒了，身體翻向另外一邊，拉起棉被擋住從窗簾縫隙刺進來的陽光，迷迷糊糊，如摔斷腿在泥路上掙扎的壁虎，拖著身子艱難地扭曲挪移。鬧鐘響了第三次，我推開被子飛奔到客廳，打開暖氣，再迅速蹦回被窩裡，至少在裡頭滾翻踩踏一小時，直到再也睡不下去了，才能嘆氣坐起，開始這世界上最遙遠的五十公分遷移——從床上到床下。

快十一點了，打電話叫外賣，早餐午餐一起叫了。打開電視和藍光DVD，餵一片光碟，半小時後餐點送到，開始看片。

日子以光碟數來計算。一片光碟裡有三集，一集大約五十分鐘，所以從塑膠盒裡拿出一片光碟，就是拿出了2.5小時的光陰。當太陽落下時，電視櫃上頭會鋪了至少三張光碟，有時是四張。

看了六小時之後，打電話再叫一次晚餐外賣。再晚一點，等先生回來了，繼續配著電視吃晚餐，一直看到睡覺前才甘心關掉電視。

著魔一樣，我知道。牆很難翻，查什麼都慢，了無生趣，通訊軟體也沒了朋友的訊息。在沒有接案也不想接案的日子裡，整個人反胃似地抗拒整個環境，我服下影片以止吐。

我在那一年半的時間裡嗑完非常多的影集，每一部都從第一季追到最終季。可能有十季，可能有十四季。結論是，一齣好劇超過三季之後，要不爛尾真的很難。通常到了第四季便是巔峰了。而濫食的結果，便是劇情在腦中混成一灘泥水。

《新聞急先鋒》的Sloan看上《實習醫生》中的Owen，而Owen竟然大方與她分享他和Christina的祕密基地——蒸氣管道間。《紙牌屋》的Underwood和《白宮風雲》的Butler，兩名美國總統因中東政策的分歧而心生怨懟，Underwood打算在地鐵站把巴特勒推下月台。《國土安全》中有躁鬱症的Carrie Anderson戀上《犯罪心理》

的Spencer Reid，但受不了他一天到晚分析她的心理狀態，爆怒分手。Grison 改不了在《CSI犯罪現場》裡培養各種昆蟲的習慣，惹得同居的廣告狂人女文案Peggy Olsen大抓狂。

《警察世家》對上潛伏在警察機構內的《嗜血狂魔》Dexter，驚懼藍色血脈被汙染，有辱名聲。《下一站天后》Rayna Jaymes經常闖入Silk律師Martha Costello的法庭，抱著吉他大唱鄉村歌，但Martha明明喜歡Brip Pop的嘛！她會聽Joy Division 的〈Love Will Tear Us Apart〉，還有Clash。她有一台白色的iPod。

哥倫比亞的《毒梟》遇上夏威夷的《檀島警騎》，Pablo Emilio Escobar Gaviria超恨那些開著肌肉跑車炫耀肌肉的警探們，誓言要將他們的屍體掛在鐵絲網上。但Steve McGarrett 總是和他的小夥伴 Danny "Danno" Williams 輕快地持槍穿過毒梟所有的手下。捧著大肚的 Pablo 氣喘吁吁，畢竟南美洲的叢林和夏威夷的叢林是不一樣的，沒有主場優勢。

他們在我身邊舉行狂歡派對，鎮日胡鬧，我也需要他們的喧囂。這裡的時間走得太慢太鬆散，我受不了。

我在等，等回頭的時間點，等神諭告訴我此地不宜留。我把等待的時間取來，用碟片切得細碎，一吸而盡。如此勉強可以忘記時間還有多長，家還有多遠。

一日將盡，散落在電視櫃上的光碟，恭喜我又撐過一天。

晚安，晚安，讓我們互道一聲，明天見。

言外之音

"It's only word, and words are all I have to take your heart away."

「只是些字罷了，然而字也是我所僅有的，能帶走你心的唯一。」

Bee Gees 的這首歌〈Words〉，發行於一九六八年，在德國、瑞士和荷蘭等地拿下排行榜第一名，在英國也達到第八名的成績，是 Bee Gees 第三首闖進英國榜前十名的單曲。後來有不少人翻唱，包括了偶像團體 Boyzone，應該有不少人認識這首歌是因為這些可愛的男孩。光聽歌詞，可能以為是首關於愛人之間綿綿情話的情歌。但是這首歌誕生的契機，卻是 Bee Gees 與經紀人大吵一架之後所寫。關於文字的詮釋，和文字的誤會，以及它所掀起的漫天波濤。

是呀，始終都只是字而已。下好離手，一刀兩斷。

所有言語文字出了口舌離了筆端，便是已完成的作品，再也與作者無關。後來的意義，完全交予讀者及聽眾去詮釋。

我們可能過度相信，因此把一句話翻來覆去地檢視，推演各種可能的意義。我們放出文字為前哨，怯怯伸出水母般的柔弱觸手，試探對方的溫度。拋出一顆顆的言語之石，試探會激起什麼樣的漣漪。我們把那一句句話語，夾進書頁，壓製成標本。在無人時偷偷翻開書頁，甜蜜溫習。

然後我們相約、相處。將真實的人與文字相互佐證，彷彿在證明一題數學習題。傻傻地挪用直接證明法：

任何奇數乘以另一個奇數仍然是奇數＝他現在喜歡我，所以乘以未來任何一段時間，仍然是喜歡我的。

完全錯誤的推論，卻被真心相信。

語言如容器，我們卻不是水。我們被硬生生地放進裡面，卻困窘地發現不合。我們彆扭地側身、屈膝、拗折，直到投降放棄。是的，名稱正是束縛事物本質的一種東西。束縛了，之間卻不貼合。

像是個惡意的玩笑，如時空扭曲般，意義在言語出口之後、進入另一支耳翼之前，失落了。

我們開始懷疑字的力量。

惡毒的話只要笑著說，有極大可能被視為善意；笑著拒絕他人，也很可能被視為還有轉圜的餘地。心理學家指出，人類在與同類交談時，大腦會優先解讀對方的表情。有些文字，配以對方笑瞇的眼，當下便傻傻地收下了，或許還道了謝。日後想起，才恍悟裡頭藏的細針，竟是密密一叢，陰森惡意向人直直刺來。

言語的限制莫過如此了吧。

在察覺限制之後，通常會陷入厭字期，進入全然的沉默。既然無法表達，或對於對方是否能正確解讀感到絕望，那就不說了吧。當容器不再是容器，當咒失去了束縛的意義，原本熟悉的人，竟也可以如此陌生，不相容。

無疾而終的對話裡，射出的言語如紙飛機，半路遭天火焚毀，墜機。漫天火焰，無力挽回。

記憶中有一場電影，相約之人日後漸漸淡出生活。已經想不起來當時看的是哪部電影，一日竟無意間從舊日對話紀錄中找到片名，《Let's Get Lost》。美國傳奇爵士小號手 Chet Baker 的紀錄片。

這幾個字在時光裡漂流。許多年後，我漸漸得出一個猜測——這或許是那總不明言心緒、非常晦澀之人，最大膽的告白？

又或許，這數年後的頓悟，才是真正的誤讀？

四城雨事

最喜歡晚上開始落下的雨了。新竹舊家後院和一條小小溪流相接，然後是一片田，再來是一座山。雨落下時，各種葉子都會傳來信息。山上的油桐最先知道，接著是芭蕉、竹林，田間的稻子也開始窸窸窣窣說話了，跨過低矮的圍牆，消息交給了院裡的茶花和九重葛，最後團團包圍了屋子。軟軟的雨聲像重重的簾幕，把所有的聲音都攔阻在外。這時睡覺或是寫字，皆舒服極了。若睡眠，就像身在層層疊疊的軟帳裡，安心。若寫字，雨就成了我的墨水，從屋外流到紙上、鍵盤上，暈成一篇篇心事。

離開了田和山，棲身在台北頂樓加蓋的房間。盛氣凌人的雨踏在塑膠遮雨棚和鐵皮屋頂上，僵直單調，悶悶的，平平的，還來不及反應，它就這麼「啪！」的一聲打上腦門。雖然它還是把其他聲響隔開了，自己本身卻成了極大的干擾。無視我的存在，挑釁地，大量地，在屋頂上駐紮。但我終究把這裡住成了家鄉，雨的表情也變得多樣，甚至溫柔。

而我遇過最不懷好意的雨，是初抵上海時遇見的。兩分鐘前出門時，天空還一片清朗，突然間，黑灰交雜的漫天雨箭便從遠處衝殺而來！我清楚看見它們在一秒內逼近數十公尺，嚇得我傻愣在路上。

在被吞沒之前，回神，連忙側身。才剛把身子收入路旁雜貨鋪狹窄的屋棚下，雷雨就「唰！」地一聲，如千萬鐵騎般奔踏過我方才愣住的地方。呼，給一個初來者的下馬威，我確確實實地感受到了。

後來輾轉到了杭州工作，歷經了那城市出名的黃梅天，雷雨陣雨細雨大雨接連地下。下了幾個鐘頭後，街上就會漫起高高的積水。杭州人習以為常，一手撐傘，一手擎著腳踏車龍頭，照樣摩西過海那樣揚長而去。

趁休假在西湖邊伸手招了搖櫓船遊湖。遠處的山浮在雲靄之上，雨幽幽的、細細的，再輕一點就要稱之為霧了；霧那麼濃，再重一些就要落成雨了。處在搖搖晃晃的小船上，介於這樣要落不落的糾結之中，難怪白娘子和許仙要如此糾纏不清了。雷峰塔板著一張臉，鎮在水氣之間。可是連法海也解答不了我對未來的困惑。

另一日，隨友人上靈隱寺，在滿山新綠中兜轉了一天，最後在雨中乘了巴士下山，滿車濕意。伸手抹窗，努力辨認窗外糊成一團的街景，蒸騰的水氣馬上又襲上來，像是故意不讓我看清。到市區後按了鈴下車，四周皆煙雨朦朧，一時竟不知自己身處何處。

呆立了幾秒鐘，響亮的音樂突然在一旁炸開，「你是我的小呀小蘋果。」一群大媽們奮力揮舞雙手，跟著帶頭的老師扭起腰來。哦，猶在人間。是下榻處旁的公園。

那街道在雨中看起來跟台北很像，於是眼睛也下起雨來了。

暗的

增重

你是一個那麼容易感到害臊的孩子。

小學三年級時，被同學偷了午餐費和公車費，老師問你搭車回家要多少錢？普通車要三塊，冷氣車要四塊。你應該拿四塊的，而你害怕老師認為你貪心，小小聲地說：三塊。

那天放學，你緊抓著三塊錢在公車站等了又等，不知為什麼那天來的都是冷氣車，你只能看著它們一輛接一輛地離開。太陽快要掉到馬路的另一頭了，再晚回家可能要被罵了，你擰著手指，兩隻腳焦急地踏來踩去。

又一輛公車來了，你把希望都投注在它身上。

怎麼還是冷氣車？你快哭出來了，在公車噴著氣漸漸煞停的幾秒鐘時間裡，終於鼓起勇氣向一旁的陌生阿姨說：「阿姨對不起，我只有三塊錢，你可以借我一塊錢嗎？我明天拿來還你，你明天會到這裡嗎？」你一連串講完這些話，公車已經停下打開門，那女子連忙掏出一塊錢給你。

「謝謝謝謝，我明天再還你。」你一邊攀上公車，一邊朝她拚命點頭，以示慎重。她擺擺手說不用了。

你上了公車，冷氣朝你身上噴射而來，剛才哽在胸口的一團氣，這時才重重地落了下來。那短短的幾句話，已是你的極限，是憋到不能再憋才一股腦迸射出來的害羞後產物。

父母和小販殺價的時候，你也對小販感到無比抱歉，總想盡快結束這場「鬧劇」。

「這個書架高度不大符合他們課本的大小啊。」為你挑選書桌時，爸爸挑著小毛病試圖和老闆講價。

「課本差不多就這麼大啦。」你不好意思地說。

「底下這邊，放不下她的小牛頓。」爸爸再試。

「斜著放就好了啦。」你說。

爸爸不可置信地看著你。

買帽子。媽媽堅定地把老闆喊出的價錢對半砍，然後他們開始來來回回地在數字上拉扯。你悄悄拉了媽媽的衣角，「好了啦，已經便宜很多了。」你近乎羞愧地在她耳邊吐出這些話。

不消說，自然是回家後再挨一頓罵。

年輕時找工作，那時你已稍有工作經驗，期待一個比菜鳥價稍高的薪水。面試你的老闆似乎挺喜歡你，聊了超過一個小時。就在只欠東風時，他忽然端起茶杯喝了一口，陶瓷敲在木桌上，發出沉沉的撞擊聲。他正色說道：「這一行有個現象……」像是要透露什麼內幕消息般。他清清喉嚨，「就是新人的薪水，會比較低……」

你心裡一沉，把原本期待的數字再往下折了幾許，輕聲吐露微小的盼望。

老闆眼神閃過一絲什麼，那時你沒讀懂。

「沒有這麼高，」他緩緩搖頭，加重了語氣。再把你說的數字往下修。

你在心裡皺著眉頭估量。但你還是說了，「好吧。」

湛的醫者，咬牙接回你自己折斷的關節，敷上剮下的片片血肉，嵌以絲絲神經，縫上一個堪稱是人的外皮。

當日子過去，你不再把自己皮開肉綻地暴露出來。這些分離的，會融合為一體，你會回復成一個人形。你有感覺，心會跳動，我不知道你會不會再遇到另一個人，但你會遇見自己。

自己不就是現在這個感受到極度痛苦的我嗎？你問。

是，也不是。

當你停止以他為第一優先的考量，他就會開始忖度，我到底要付出多少，來留下這個人呢？你別說，你如籤詩般神祕，對方思索；你退後，你走向天秤的後端，於是天秤朝你傾斜。

其實你要看輕他，要理直氣壯。你要很重，要讓對方在接住你的時候，甚至讓他懷疑自己究竟有沒有辦法接住你，要讓他忍不住脫口而出：「幹！我行不行啊？」

在他有了這樣的懷疑後，卻還是挺身用盡力氣去承接你和你的悲傷、你的羞愧，這樣才是一個值得的人。

你得在對方轉頭的時候，用力踩住自己的腳跟，不要一味跟了上去。在漫天大浪裡，你要綁住錨。

當你逐漸增自己的重量，終而超越對方所占的比重之後，你便能開始呼吸。

原載二〇一八年十二月《文訊》第三九八期

四時帖

【序】

死？死是什麼？我不知道，我才五歲。

熱天的中午，睡不著的我躺在藤編小床上，眼珠子轉溜溜地看著天花板的四個角落數數：「1、2、3、4……」時間悄悄從床腳走過。突然間，彷彿不知道什麼時候由門縫滲進的毒氣一般，恐懼感突然襲了上來。

應該是還不知道死亡為何物的年紀啊，卻意識到「那個人」會使我再也見不到我的所愛，比如說，母親。一想到這裡，心的底層瞬間湧出大量悲傷，那悲傷又從眼睛裡流到枕頭上。我不敢哭出聲，如果有人來的話，我要怎麼解釋這種從來沒有過的感受呢？

「怎麼了？為什麼哭呢？」母親擔憂的臉出現在床的上方，俯視著我。

我搖搖頭，連話都說不出來。

「肚子餓了嗎？想吃什麼嗎？想念阿梅保母？想去哪裡玩嗎？」母親憂心地連番猜測，而我在每個問題的後面都緊接著用力搖頭。

「既然沒事，那就睡覺了喔。」無奈的母親拍拍我，離開了。

那陌生的心痛如此深切，彷彿切割了我某部分的意識，使其脫離了身軀、像是第三者一般地看著這件事，細節記得意外清楚。夏天，午後，身上蓋著最喜歡的那條黃色大毛巾，母親俯視我的臉，枕頭的粉色花紋和綿軟觸感，天花板角落掉落的白灰，縫隙中一隻乾扁的死蜘蛛。

而我的身體仍然仰躺著流淚。沒有像一般小孩子哭泣時那樣蜷曲起來或是揮舞手腳，也沒有發出任何聲音。像是有一股巨大的、看不見的團塊，從上方緩緩壓住我的身軀，而我的體內同時產生了極大的恐懼，兩者在內外相互傾軋推擠，使我暫時失去了行動的能力。我就一直這樣流著大量的眼淚直到昏沉睡去。

那天，死亡在我心裡埋下一顆種子，在他正式自我介紹之前。

【春】

中學的下課鐘聲一響，學生們立即像一盤彈珠般，嘩啦嘩啦彈跳著流出教室。在那樣的年紀，什麼都是飽滿的，即使生病也很快痊癒。偶爾有人受了較重的傷，如骨折，大家也不以為意，因為在石膏被畫滿塗鴉和簽名後，一切就會完好如初。

但同學猴子請病假有一學期了。腦瘤，是當時的我們不大熟悉的病名。

我和幾個與他要好的同學去他家探望。猴子躺在床上，看到我們時露出驚訝的虛弱笑容。他其實已經記不住我們了，是他母親邀請我們去看他的。她溫柔地在猴子背後墊了枕頭，讓他可以半躺半坐地跟我們講話。我們嚇壞了，看見原本總是在下課鐘聲一響便衝去球場的他，凋萎成一節乾枯的樹枝，靈魂似乎也隨著體重消逝了幾分。

「嘿，你來猜我們的名字吧！」為了讓他多多動腦和說話，小麥鎮定地提議。我們輪流指著自己的臉問他「我是誰？」盡可能笑得無憂無慮，彷彿這只是普通的團康遊戲。他講出正確的名字時，我們報以熱烈的掌聲。但絕大多數的時候，他都困惑地看著我們。他僅存的些許意識著急地在腦袋裡東翻西揀，搜尋眼前一張張陌生的臉和名字。在海馬迴嗎？在杏仁核嗎？在下視丘嗎？都沒有。

「沒關係沒關係，我是青青，記得喔！等一下再考你！」女同學提高聲線笑著說。小麥彷彿課後輔導員一般，不時對大家投以鼓勵的眼神，讓這群驚慌的小獸得以完成這個任務。

我們要離開的時候，猴子的母親攙扶他站起來和我們道別。他幾乎無法自行站立了，雙腳萎縮成原本的三分之一粗細，顫抖著，笑著，勉強揮手。

再過了幾個星期，「我哥，死了。」他的妹妹紅著眼帶來消息。

因為擔心久病的外公承受不了噩耗，他的母親幾乎是瞞著整個家族辦了這場喪事，也就是說，能以猴子同輩身分出席的，只有我們了。我們懷著忐忑的心情穿上黑衣、捻香、捧爐。之後每個人都拿到一小塊金牌，是他母親送的謝禮，上面刻著咧嘴大笑的史努比。

「現在可不是笑的時候啊。」我喃喃自語。

年少時遇見的死亡，是個偷菜賊。他在青翠的菜園邊上來回踱步，假裝只是路過，其實壓低的帽簷下賊眼睛睛。一旦挑中俊秀甜美的青苗，便伸手迅速掐斷其嫩莖，拽在懷裡奔逃而去。

種菜的人坐在田埂上流淚。

【夏】

「一路順風喔！」他從臉書上傳了這樣的訊息來，在我搬往上海的前一天。明明是生病的人，還記得這種瑣事幹麼？我會再跟你聯絡的呀。忙著打包又心情惶恐的我嘀咕著，當下並沒有回應他。

網路長城讓我們的對話斷斷續續，他的病情卻相反，像是有人暗地為他的身體進行了硬體和頻寬的升級，病毒下載的速度飛快。

本來以為只是膽管阻塞，沒想到是胰臟癌。

本來臉圓圓的他病成了臉尖尖的他，身材也削瘦成原本的一半。

本來他想要放棄在設計界累積的資歷，以三十五歲的年紀到錄音室應徵助理，開始第二人生。

「本來。」我盡量不使用這個詞了。裡面蘊含了對世事難料的誠惶誠恐，包藏了巨大的遺憾。是想做而沒有去做的事情，是想見而沒有去見的人，是自大的虛妄，誤以為還有時間、還有機會、還有可以輕易獲取什麼的特權。

在他離開我們之前，死亡不懷好意地逼近好幾回。在每次他被推進開刀房的時候，在化療的時候，在他發文「一萬種痛死的方法」的時候，在他單單打出一個「痛」字的時候，在他怒吼要大家別憐憫式地去探望的時候。

死亡像貓捉弄老鼠那樣與人拉手跳恰恰。

恰恰恰，恰恰恰。他終究走了。

「下載完畢。」死亡說。

幾個朋友在告別式後聚集在他那間小套房，有人拿起他心愛的吉他輕輕撥弄，唱他喜歡的歌。我想起他濕熱的手心，接電話時小心謹慎又溫柔的那聲「喂？」房間裡面還有他的氣味。

有時候你聽得見死亡的腳踩在碎石子路上，沙沙沙、殺殺殺地逼近。手起刀落，紙門上無色的血液噴濺，偷襲成功。

生命在盛夏之年戛然而止，是傾盆雷雨般的壯烈。

【秋】

那年父親退休了。他和母親說好，要回到故鄉，採菊東籬下，悠然見南山。他們打算將城市裡的公寓出售，咬牙貸了款，買下一間田中央的房子。

那棟房子的後頭有間大倉庫，倉庫後頭是一片田地，再過去，便是山了。喜好園藝的母親每天鋤地鬆土、施肥摘菜、照顧花木，忙得十分開心，什麼雜務都不覺得煩，什麼小事都覺得有趣。一日冬天早晨她在準備打掃時，一拿起竹掃帚，發現下頭躲了一對相偎依的小癩蛤蟆，「牠們這樣靠著，好可愛唷。」她笑瞇了眼，縮起肩膀往旁邊傾靠，模仿蛤蟆靠在一起的樣子。

一開始父親也是這麼興沖沖的。田園之樂，這麼多文人描繪的場景，怎麼可能不愛呢？

但是沒多久他就驚慌地發現，離開故鄉數十年後，自己早已成為了一個徹頭徹尾的城市人。鄉下的時間長而鬆散，加上退休後教學和升等考核的消失，讓他完全失去了方向感。他喜愛科技產品、習慣大量搜集資訊，還曾協助學校創建知識性公益網站。這樣的人住在連寬頻都沒有的偏遠地方，焦慮得像日夜在滾輪裡狂奔的倉鼠。

他在透天房子裡跺來跺去，憂心一些在城市裡從沒想過的事情：比如說，當雷陣雨狂暴地侵門踏戶時，全屋那麼多扇窗子，要從哪裡關起？孩子會不會因為交通不便而不愛回家探望？

半年後母親順著他的意，搬回了城市裡的舊房，家具放回原本的位置，彷彿我們從未離開過。鄉間的房子，像一場夢。狐仙施法，蟲鳴似咒，彷彿聊齋中的茅草屋，噗嗤一聲幻為煙霧。然而返家沒有幾個月，他便離世了。喜愛鄉間的人離開了鄉間，喜愛城市的人無法居住在城市，整件事像是一場惡劣的玩笑。

我們沒有再回去過。

來到人生的後半秋季，你以為可以開始收穫些什麼。然而死亡如同詐欺犯一樣登場，虛情假意地與你交手幾回，然後一把扯爛你算好的牌。紙牌破碎散落，留下來的人也只能彎身撿起，垂淚拼湊，接手把人生過下去。

【冬】

奶奶的訃聞以紅色的紙張印製。她過世時高壽一百零四歲。

至少在九十歲以前，奶奶都是嚴肅而少笑容的，部分原因是因為爺爺。爺爺生前是公務員，閒暇時畫油畫，兼任美術協會會長，還創辦了地方報紙。但這一切不僅沒有為他帶來榮華富貴，倒是讓他欠了一堆債。爺爺天性瀟灑，每天下班後依然繞去菜市場拎一串香蕉，吹著口哨走回家，欠債的事情也不怎麼放在心上，接著又在人生的路上比奶奶先走四十年。生活重擔把奶奶壓成了一堵倔強的牆，所有人都只能通往她所指的方向。

晚年失智後，原本深深釘牢在腦中的原則秩序日漸傾塌，奶奶變得多笑。問她生日蛋糕好吃嗎？她笑著點頭；問她有沒有哪裡不舒服？她笑著搖頭；問她孫輩的名字，她想不起來，不好意思地掩著嘴笑；她轉頭跟我的眼神對上，又是一笑。奶奶的兒子們邊笑邊感嘆說：「您要是早幾年變得這麼可愛就好了。」

最後幾年，奶奶的身形越來越瘦小，像一顆小小的核果被置放在沙發上或床上，那是她唯二存在的地方。她的眼神望向虛空，臉上多是茫然。腦中的神經元像故障的衛星，斷失了與他人的聯繫，以及對自我的感知。「這一身皺皮兜攏著的，到底是什麼呢？」每回我看著她乾扁凹陷的側臉時，都止不住地思索這個問題。

一天，奶奶在午睡時停止了呼吸。小小的核果吐出了靈魂。無病無痛，只是衰老。

當你步履闌珊來到生命冬季的尾巴，死亡偶爾也會展現出看似寬厚的特質。

【跋】

死亡是什麼呢？

他的面貌似乎多樣，像名不斷挑戰自我的小說家，絞盡腦汁為觀眾創造各種離奇情節，並且小心地避開曾經用過的招數。雖然有時難免老調重彈，癌症癌症癌症……是他最常用的搪塞手法。但有時又像是突然得到天啟一般，靈光乍現。

比如說，連A自己當時都覺得只是場流感，居然病到引發肺炎住院，真是誇張。

「工作單等我回去再簽啦！」他在電話裡跟同事交代。但他再也沒回來。

愛上總用謊言搪塞的有婦之夫，B用一杯杯酒精摧毀自己的肝。

C老覺得疲累，在結婚週年紀念日當天，躺在沙發上一睡不起。

莫名的疼痛持續侵襲全身，腦中的幻覺一直跟他說話，日日夜夜不停。D終究跳了下去。

我還可以繼續羅列E、F、G和更多其他人的故事，它們在這些年不停朝我湧來。

然而，在巧詐多變之餘，死亡卻也始終如一。他的造訪不分時機，他以無可預期的節奏和方式帶走逝者，逝者亦不分身分地位；而被留下來的人，同樣將被不甘悲傷憤怒等情緒狠狠軋輾而過，身心被撕裂再緩慢結痂，然後再被撕裂……這樣的一視同仁，是他唯一的恆常。

我們也許能夠窺探到他的些許特質，但是，死亡到底是什麼呢？

身邊已經有那麼多人死去，我卻仍然和五歲時一樣困惑。

在無法參透的迷霧中，死亡以其巨獸般的震撼腳步將我們從平庸的日常中驚醒，狂吼著要我們將人生的輕重緩急重新估量一遍。

「想做的事，做了嗎？」
「想說的話，說了嗎？」
「想愛的人，愛了嗎？」

他是一記醒鐘。
關於死亡，我只知道這麼多。

霉雨季

今年五月，該來的梅雨沒有來。但是這缺席的水，卻以另一種方式進入我的生活。

樓下鄰居反應，他的天花板出現一灘水漬。

我們趕緊下樓查看，也敞開大門讓鄰居一同檢視。至此，大家都客客氣氣，還互加了即時通群組。當然，也承諾了配合檢測抓漏。

我預設對方應該也和我們一樣，想要知道真正的漏水點在哪裡。然對方其實心中已有定見，依著他飽覽十數間住戶裝潢的經驗，鐵口直斷元凶是我們家的浴室。然而，幾位抓漏師傅在實地勘驗之後都說，外牆的可能性較大。我們小心翼翼地選擇用詞，並且以公司會議紀錄的規格，條列所有達成的共識與歧異，盡可能不將私人情緒帶進訊息裡頭以顯專業。

然才進行了檢測項目的第一項。

「打掉。你家浴室要打掉。」在五天之內鄰居便認為這是唯一解。即時通變成了我害怕的地方。每次手機響起訊息提示音，我便心驚，怕又是一堆情緒飛箭漫天射來。我懊惱自己開了個後門給他人，時時擔心被偷襲。即使在將手機關機的時刻裡，我仍然害怕它此時正在接收陰森惡意。打開手機的剎那更是恐懼，深怕螢幕上跳出的紅色小點。

別說還想帶著一本書去哪裡走走坐坐了，原本一刀一鑿塑造起來的規律生活立即瓦解成碎片。腦壓始終高漲，肩頸僵硬，手上戴的心率表顯示，平均心跳比平時快上了至少三十 **bpm**。這水像是滲進我的右太陽穴，淤積在裡頭，每日醒來頭便開始疼痛。

母親生日來臨前的週末，為配合抓漏師傅的時間，無法分身回家為母親慶生；她生日當天，我依然忙著處理此事，只好打電話道賀；然後是接下來的週末，我終於得空回家了，卻被鄰居的簡訊搞得怒火高漲。整個晚餐時間除了一開始說了聲「生日快樂」之外，其餘時間都無法克制地跟母親抱怨起來。事後懊惱不已。

我和先生戰戰兢兢守著專業師傅給我們的建議和底線，嘗試在鄰居每次又酸又刺的簡訊裡頭梳理出頭緒，再三揣摩：他這麼說是為什麼呢？我們不是已經講好哪一天要做測試了嗎？為什麼還一直逼著要提早呢？為什麼呢？

我百思不得其解，回頭檢視送出的訊息：是這裡講得不夠清楚嗎？是不是條列式的說法太冷淡了？是不是這裡讓人誤會了？我實在太困惑，甚至拿出賽局理論來推演，試圖找出最佳解。但推演到最後，發現賽局理論其實有個前提：對方必須理性思考，並且和你一樣想要追求最大利益。

結束。因為對方並沒有想要追求最佳解，他只想要「他的」解。

我知道他們同時也受著焦慮之苦。焦慮占住了他們的思緒，附著在心裡的匍匐菌絲長出直立菌絲，變得立體。那些紛擾又毫無道理的想法和言語近親繁殖，過度飽脹後便如黴菌的孢子囊般自爆，將孢子噴灑在所有可及之處。孢子再次落地，獲得新生，長出菌絲，蔓延到我的腦子裡。

他們鋪設好自己的預設立場，逼人朝他們的方向就範。每一個步驟都有毛病可以挑、可以持續碎念，即使那些原本是他們的提議。他們與我們爭執，也和彼此爭執。

他們爭執的碎片有時會隨風飄進我們的窗裡，我側耳捕捉，然後又搖搖頭想把它從耳洞裡倒出來。

每個來勘查的師傅幾乎都會說同樣的一句話：「水，最麻煩了！」無形無狀，沿著縫隙流竄，就算沒有裂縫，積多了仍然能穿牆過壁，將自己分解送往另一個空間。糾眾聚合成黑色壁癌，或是吸納更多同類，最後從某個洞口滴出。

在我們的堅持下，還是一個步驟一個步驟地做了下去。事實證明，滲入他們家的，是外牆的雨水，而當初他們指證歷歷的我家浴室，是無罪的。至此，他們仍未顯現出一絲絲的歉意或退讓，而是立即追問何時要修補他們的天花板。總是有下一件事能觸發他們的恐懼警鈴。

溫柔的琦君，面對不善的來者，還能敦厚嗎？

看起來精明厲害的張愛玲，會怎麼做呢？住在上海時，經常經過她舊時居住的常德公寓。不知道當年她有沒有遇上什麼鄰居間的紛爭呢？她會用那麼精巧又潑辣的風格，罵他們幾句嗎？

蔣勳呢？鄰居會不會著迷於他的磁性嗓音，便事事都答應？

我好想知道筆鋒犀利的袁瓊瓊，會不會狠狠給他一頓排頭？文風淡薄清冷的言叔夏是不是會冷冷聽完，然後不言不語、僅寫紙條給他們說明將採取的行動？潑辣的陳栢青會不會甩他幾個巴掌，賞他三倍毒辣的話語？

在揣摩完其他作者可能的反應後，我終究是弱弱地吞下了那些文字，用自己的身體將那些銳利的邊緣磨鈍、解離、消化，在過程中消耗了非常多的精神，連字都沒力氣寫。

事情還沒處理完，我已經病了。當我屈曲於床鋪上，想起此刻三公尺下方，與我投影的身形交疊的，是以情緒語言滲透我生活的人，便感到渾身發麻。我想要點燃白鼠尾草，我想撒滿豆子與鹽，我極需儀式性的行為，來阻斷他人迸射出來的核爆餘威。

水漏在樓板裡，將不同居住單位的人以一種狡猾的方式連結起來。把人心突然融蝕掉了一塊皮相，露出底下比日常所謂鄰里情誼更真實的肌理。

挑蟲

你坐在老家房間的地上整理舊物，灑了滿地的大學講義和報告。狗兒緩緩走來，緊挨著你的大腿，一屁股坐在課堂筆記上。你一手撫摸他的捲毛，一手繼續將散發著陳年味道的紙片分類。其實也不怎麼需要分類，幾乎都要丟了，你只是想再次確認那四年是如何晃蕩過去的。

在捲毛裡穿梭的手突然摸見一粒突起。翻開褐色的毛髮，壁蝨，公的，牢牢嵌進粉色皮膚裡。

你取來鑷子，小心翼翼將壁蝨剝除。在鑷子前端，紅褐色小蟲掙扎揮著八足。你想起那隻蜘蛛。

小時候養的蠶，大部分都平安豐滿地長大，好好成為國小課程的一部分了。有一隻幼小的，被蜘蛛從飼養著的鉛筆盒裡拖出來，吃了。被你和哥哥發現時，已被吃了

顯然，他的境界比你高多了。

背對的朋友

唯有放棄窺探的慾望，祕密才會在你面前現身。

【客運站的告白者】

念書時，我每個週末往返於台北和家鄉新竹之間。坐在新竹站狹小票亭裡的，是一位短髮的胖小姐。一日我在等車之時，她提起沉重的身軀走出票亭，一屁股在我身旁坐下。

「你每個禮拜都去台北喔？」她以手中的一疊車票搧著熱風，一邊滴著汗一邊問我。

「對啊。」我有些驚訝地回頭，除了賣票，她沒跟我說過其他的話。

「我好胖啊！」她忽然感嘆，「大家都這麼說，你看！」她用雙手撩起制服下襬，不是稍微拉起意思意思而已，而是拉到像脫衣服脫到一半那樣的高度，甚至露出膚色內衣的下緣。有點變色的蕾絲內衣下緣深深陷入她的身軀當中。

我故作淡定地回答：「還好啦，別人的話不用太在意。」她用右手拉住衣服，左手在自己擠成一圈一圈的肚子上拍了拍，「太胖了太胖了。」她一邊搖頭一邊說，態度自然得像是展示手掌上的一顆痣。

我還在想該怎麼接話，「你的車來了。」她用下巴指了指正在進站的巴士，一邊把拉起的衣服放下。上車坐定後，我跟她揮揮手，她也露出笑容揮著那疊車票與我道別，像是來送行的朋友。

在一個星期日的下午，我意外接收了一段他人對身體的觀察與告白。

【五天的室友】

初夏的井之頭公園裡，我特別喜歡繡球的繁茂葉片。大而完整的葉型，一貫的濃綠，花色依土壤酸鹼度的不同而顯現，很直白。

可能是看我一直駐足在花叢前，「幫你拍張照吧！」她提議。她是我這五天自由行的室友，之前僅有一面之緣。

「但我們各走各的吧，有些地方我想一個人去。」出發前她說。她要去憑弔剛逝去的戀情。他們當年依偎著走過的地方，她要去一一道別：再見了，明治神宮前的你；再見了，淺草寺的你；再見了，澀谷的你；再見了，六本木的你……就這樣在她向回憶依序道別過後，我們才在最後一天一起去了公園閒晃。

回到旅館後，她褪下外出的衣服準備盥洗，她並不在意在我面前更衣，可能那時候她也不在意任何事情。

房間裡沒有表情的日光燈勾勒出她清瘦的身形，她的心在身體裡解體了，僅僅由這一圈光暈兜著。當時我焦慮著未來，她傷心於過去。我們懷著各自的心事，走各自的行程，連一張合照也沒有。

【僅存在一夜的雪哈拉莎德】

他有著非常好看的雙眼，鼻子寬且挺，嘴唇不會太厚也不會太薄，邊緣微微翹起，那弧度賦予他一種孩子氣的神情。那時我們常通電話，就是瞎扯些日常小事。青春時期不知道為什麼總找得出那麼多時間，彷彿世界可以在這些言語之間被理解。

某個夜半，過了一條看不見的時間界線，他的心像是被妙手竊賊聽出保險箱密碼般「喀」的一聲打開了，祕密傾瀉而出。

不輕易談及感情生活的他說起第一個交往的女孩子，他用情至深，對方卻輕易轉身，以至於他往後都無法與其他人好好地維持一段穩定關係。他說他忍不住將她們排放在眼前比較，然後一直都覺得排在第一個位置的人比較好。即使女孩們自動依序不間斷地送到他面前，像蛋糕工廠的生產線一樣。草莓起司、香橙磅蛋糕、檸檬百香果塔……他的眼光掃視如品管員，「通通不及格。」

除了愛情，他也低聲提起了一件從未對別人說過的驚悚片段。

一日，他在住處與友人喝啤酒聊天，笑鬧間無意往窗外一瞥，竟驚見一男子懸在對樓房間的天花板下。他與友人丟下啤酒罐，衝往對街公寓破門而入。顧不得害怕，他急著把男子的雙足放上肩頭，用力頂起，友人匆忙搬了椅子用隨身攜帶的瑞士刀將繩子切斷，他們三人一起跌坐在地上……那人已經沒了鼻息。他打電話給一一九，等到警察做完筆錄才離開。直到睡前，他才發現自己的手不停顫抖，而男子的臉孔讓他夜不成眠……

他像一千零一夜裡的雪哈拉莎德說著種種親身經歷的怪人奇事，直到兩人都睏了才掛上電話。

有天我無意間問起：「你現在還想她嗎？」

「你說誰？」他冷著聲音否認一切，好像是我自己作了莫名其妙的夢。祕密的有效期限已過。

【暫且休息的旅人】

久未聯絡的他開始在午夜傳訊息過來，像在星際荒野裡迷了路的旅人，閃著微弱的手電筒試圖找到讀懂密碼的眼睛，以及一隻傾聽他落難經過的耳朵。

他打字又急又快，說著愛與不愛，新與舊。我像一口井一樣把所有手電筒的光都接收。後來，訊息衍生成電影、咖啡、熱炒和長長的對話。

然而隨著他重新探尋人生中的另一條未曾走過的路，傳來的訊息數量也漸漸減少，我知道他很快又要轉過身去。我像心理諮商師般地研究，什麼樣的話題能改變那運轉的角度，或速度。我一再拋出問題，直到他當初帶來的手電筒終於耗盡了電，無力給出任何答案。

我知道我們又來到地球與月球的關係，我始終看不到他的另外一面。

在那些奇異的時刻裡，說話的人必須有那靈光乍現，聆聽的人也必須剛好呈現一種無所求的狀態。像是兩個星球都有自己盡量背對其他人的一塊面積，平時自顧自地公轉自轉也不與人相犯。直到那羞以示人的那一面難得地背對背，才開啟了某個宇宙中的祕密之門，黑暗之事於是流洩。

他們會突然對我吐露不曾告知他人的心事。我聽，我回應。大部分的情況裡，我不會自以為在他們心中占有何種重要地位，我只是一只恰巧開著的收音機。偶爾大意，踰矩敞開了多餘的角度，導致尷尬滲入，就必須自愛地將自己拉回原位。並且要快。若幸運，則兩不相欠。

事情是這樣的，唯有背對背的時候，我們才是最好的朋友。

過敏

我是不是留不住他了？

當初是那麼渴望得到的啊。

這是我的第四個刺青，也是迄今面積最大的一個。等了整整一年，才等到刺青師開放預約。預約成功之後，再等待三個月，才得以坐上刺青檯，獻上我的手臂。

成品真是美極了。我小心翼翼地服侍它，定時薄施凡士林、穿著柔軟寬大的衣物，避免摩擦與沾黏，睡覺前謹慎調整手臂與床墊接觸的角度，將疼痛控制在可以入睡的範圍。

一個多月後，傷口癒合，死皮也幾乎落盡。應該到了可以好好欣賞它的時候，我卻感到腫脹發癢。趕緊就醫。

醫生戴上手套輕觸腫脹的地方，仔細看了看說，過敏了啊。先開了口服類固醇和藥膏，囑咐我一週後回診。如此反覆吃了一個月的藥，期間精神混沌。癢感雖稍平息，過敏部位仍不斷轉移，像與我玩著蘿蔔蹲的遊戲。紅色腫，紅色腫，紅色腫了藍色腫；藍色腫藍色腫，藍色腫了灰色腫……當我以為全部的顏色都輪過了，現在總該過去了吧。結果最早開始發作的紅色，又隱隱腫脹浮起，搔癢與熱痛也一併回來了。

第四次回診，醫生再次換了藥，並且讓護理師在我肩上打了一針類固醇。

過去，我常在那人睡著之後，在暈黃的燈光下端詳他的臉。他睡著的時候是如此馴服，修長黝黑的身軀如玄武岩般沉靜。然當他醒著的時候，我們經常拿言語割傷對方。從兩人口中飛出的話語，總是在交接之前錯了位，被錯譯為另一種語意。只要鑽進耳裡，就像在皮下埋進了過敏原，體內的免疫系統迅速抵抗，從內裡與自己鬥爭。

在言語也無法表達更多的挫折與憤怒後，他往往轉身就要離開現場，而我也會下意識地伸手拉住他。一部分的我為這一幕掩面嘆息，但我終究像一名蹩腳的演員，做出了不該做的動作，說了難堪的台詞。

結尾的戲是這樣的：深夜，便利商店前，炙亮的日光燈，兩人坐在人行道邊，一人流淚，一人抽菸，便利商店的店員不時從櫃檯後投以擔憂的眼神。

我們無法待在房間裡討論當下的衝突，需要在明亮且有第三者在場的地方，才得以對談。我們兩人都想問：為什麼？明明想要互相靠近，卻總是在相處的時候，擦槍走火，炸出漫天煙塵，把兩人都嗆出了淚。

刺青睡著了。在藥物的強力鎮壓下，女人的和服沒有不該有的皺摺，小豬的身體沒有異狀隆起，狗兒的皮毛黑亮平滑，扶桑花瓣粉嫩薄透，各種和外婆有關的物件順服地貼在手臂上，成為這個身體的一部分。

至於他，過敏無解，疤痕結成過於崎嶇的路。散場是唯一的特效藥。

胸罩

地震！

先是身體像被人往左邊扯了一下，接著聽見金色小匙在桌上的茶杯裡左右擺晃，叮鈴叮鈴地叫。插著桔梗的花瓶裡，水波大作，書桌上方乳白色吊燈也開始晃動，身體又被狠狠地往右扯了一下。

慌慌張張，你躲到了桌下，忖度著等歇止之後，要去把大門打開。在兩次較大的搖晃後，靜止了，你匆忙抓起皮夾鑰匙手機、套上鞋、打開大門……突然間，你驚慌地發現自己沒有穿胸罩！你立即關上了門，衝回房間，打開抽屜拉出一件胸罩，兩手如驚慌的獸般胡亂穿過肩帶，確定扣好之後，才隨同樣不安的鄰居離開了大樓。

大家在樓下中庭等了一會，歷經了幾次小的餘震，才陸續上樓。你一階一階走在樓梯上，心裡想：「到底是避難重要，還是穿胸罩重要呢？」如果今天發生的是緊急大火，你還會先去穿好胸罩再逃生嗎？

你覺得很有可能。

為什麼你這麼在意胸罩呢？是因為害怕在單薄的家居服下，暴露兩點凸起？你身邊的歐美女性朋友，不穿胸罩者不算少數，即使穿著薄透的上衣，她們的乳頭也和她們的態度一樣泰然自若。然而，這片少少的布料在東方女性（至少是你）的生命裡，卻是從邁入青春期便不可或缺的生活用品。

六年級時，你羞怯囁嚅地央求母親買件內衣，正在結算期末成績的母親煩躁地抬頭瞥了一下你的胸部，「還不用吧？」她又把眼神移回成績簿上。你繼續哀求，只有你知道在薄透的制服底下，雖然胸型還未隆起，乳頭卻如同初上戰場的小兵，迫不及待地從壕溝內翻起身來。你需要一塊布或什麼都好，壓制住它們。後來母親在超市買菜時，隨著那些米油鹽糖，為你買了一件俗稱小可愛的背心型內衣。當它被放上收銀台，條碼機刷過它發出嗶嗶聲，你鬆了口氣。

父親被緊急送醫的時候，母親急急抓住你的雙臂，要你回家拿些父親的衣服和生活用品。你拿著背包，掃進牙刷牙膏和衣物。正要鎖門時，突然發覺，自己在寬鬆的灰色法藍絨條紋睡衣下，什麼也沒穿。於是你又回房匆匆扣上一件無肩帶胸罩，才搭上好心鄰居的車奔往醫院。

幫父親收拾的物品沒用上，他在到達醫院前就停止了呼吸。你被交代要去警察局做筆錄。那警察打字極慢，他用兩隻粗肥的食指笨拙地按下鍵盤，你在對面啜泣，敘述事發經過。你講了一遍又一遍，你已經講得極為緩慢，但那警察還是難以跟上。

「我來打好嗎？」你提議。那警察彷彿得到救贖般立即起身讓座。你拼湊字句，你的心跟著你的胸罩一起往下掉。你夾緊上臂，微微扭動身子，試圖移動它回到適當的地方，但只是徒勞。

那件黑色的無肩帶胸罩很舊了，毫無支撐力，充其量只是兩片貝殼型的泡綿墊罷了。但你一直留著它，因為它能在你需要緊急出門時，撩起衣服便扣上，倒垃圾或到巷口的便利商店買東西時很好用，在慌亂趕到急診室和做筆錄的時候也是。雖然這些場合並不在你當初的考量裡。

不讓乳頭現形，似乎是從古至今大部分地區的著裝共識。但在七〇年代的美國，曾經出現了Nipple Bra，也就是乳頭胸罩。是的，為了彰顯嬉皮式的天然風貌，內衣製造商為胸罩加上了乳頭。於是當時的女性在穿上胸罩時，得以展現「兩點」風情。你在想，若這種風潮流行至今，你是否就不會擔憂自己身上是否穿有胸罩了？

喔不，你忘了一件事。當時的胸罩在矽膠乳頭下，還是有著增加胸圍壯闊程度的襯墊。所以其實比起激凸，你應該是更加擔心少了胸罩的加持，平坦的胸型讓人自卑。你恍然大悟，為什麼自己在一些應該有更重要的事情要擔心的時刻，那麼緊急又不自覺地想起自己是否有穿胸罩。

在更早一點的二〇年代，西方流行平板的胸部外觀。女人購買能將胸部壓平的縮胸內衣，好讓長串項鍊能夠從頸部平順地披掛而下。似乎是個好時代。可惜後來時尚的風潮大多還是吹捧豐腴的。

胸型的大或小成為了關係的上與下。

內衣專櫃店員擁有很特別的權力，她可以跟你身處同一個狹小的密閉空間，她得以碰觸你、得以窺看一般人看不見的身體。

大學時候，在百貨公司的試衣間裡，原本應該來服務你、幫忙把你的胸部靈巧地撥進罩杯裡頭、不管看見什麼都該說些甜言蜜語的女店員，在為你拿來幾件試穿胸罩、粗魯擠進試衣間後，對著你的胸部誇張地驚叫：「你真的很『沒有』耶！」你大可以翻臉走人，相反的，你尷尬地笑，低頭付了帳單。

在胸罩的權威下，你變得微不足道。你感覺自己一次次地敗下陣來。先是沒有經濟自主權，因而得拜託他人購買所需，能自己購買後又怯懦地屈服於譏諷之下。

你對胸罩的情感十分糾結。你不討厭它們，甚至著迷於精細的刺繡或是另一種極端的俐落。但你覺得麻煩又弔詭，因為在地震襲來和趕赴急診室的當下，你想到的是：「我有沒有穿胸罩？」這個看似不該是第一順位的問題。

後來的幾天還發生了幾場餘震。你取出一個久未使用的雙肩背包，收拾電池、乾糧、瓶裝水、雨衣、手電筒、哨子等物件。你一一點數，並且把背包放在靠近門的櫃子裡。

想了想，你又取出背包，塞了一件輕薄型的胸罩在最底層。

你覺得安心多了。

荒草地

偕同母親和她的友人們出遊至一條野溪邊。待了一陣，其他人收拾東西往回走了。我和母親猶坐在溪中泡腳，有一搭沒一搭地聊著。

直至天色漸暗，我們起身上岸。這才發現，竟找不著方才進來水邊的小徑了。睜大眼來回搜尋也是徒然，眼前盡是長得比人還高的凶猛野草。我們試著往一條看起來有人踩踏過的地方走了進去，才走了幾步，兩邊的野草便霸然在眼前闔了起來，沒收了路。我們慌張地退回溪邊。

再試了幾條看起來有個起頭的路：一次大叢細竹擋住去路，竹枝亂而密，完全無法穿越。一次眼前出現一小片平坦的地，我們覺得這次可能對了，連忙跨出步伐。沒想到這底下層層疊疊全是枯草敗竹，虛的。一腳踏下，整隻小腿都被吞沒。驚嚇中趕緊拔出，兩人腳上都被竹枝刮出好幾條血痕。

氣喘吁吁中，我指著隱隱浮現在草尖上的堤防電線桿說，「我們用那個當定位吧，不管有沒有路，往那邊去就對了。」走到底，就是堤防了，就能找到我們的車，就能回家了。母親撿起一截較粗的竹子當作開路手杖，用它壓住直直進逼過來的野草，然後小步小步地緩緩往前。每一次的出發，母親都走在前頭。

堤防看似很近，卻怎麼走都走不到。每株高大的荒草都不懷好意，磨刀霍霍。他們的草莖如拇指和食指圈起來那麼粗。他們盤根錯節，織成一張立體的刺網。他們此時的目的，就是無賴地擋住去路。

我只見過都市裡那種溫馴的草皮，而這是一片充滿敵意的前景。

後頭的山邊開始聚了雲，水氣濕潤。手機呢？放在車上了。路人呢？這是條偏僻的溪流，沒有遊客。我失了信心地向前喊，「這裡也不行啦。」「不然要怎麼辦呢？只能走啊。」母親頭也不回地說。

她一直都是這樣的。她的父親時常掄起棍子，她的伴侶中年過世，不管人生倒給她什麼，她都是這樣收下，定定往前走。

天色比剛才更暗了，我越來越慌。野溪彷彿訕笑，在後頭嘩啦啦地流過。這次還是無法穿越，我們屢戰屢敗。

站在河邊發愁時，對岸出現一個小小的身影往溪邊石堆走去，大約是來巡視魚籠的附近人家。我們在這頭用力揮手，「喂！歐吉桑！」母親往對岸大喊，「哪裡有路上去？」

他側耳聽懂了，伸手指點我們方向。看見我們往正確的地方走，便又低頭巡他的漁獲去了。

好不容易爬上堤防，回望剛才困住我們的荒草地，寬度不過僅僅十餘公尺。平時這樣的距離根本不算什麼，但在野硬荒草遮蔽視線的地裡，偏偏就是迷魂似地轉不出去。明明下水前特別記住路口草木的樣子，但一轉頭，便和其他的草木混雜難以辨認，像是他們偷偷挪移了位置一樣。

堤防這邊的氛圍截然不同，安靜守序。隔著一條馬路，再過去是一片新插的稻田，秧苗細柔，一派溫順。電線桿上小鳥啾啾，底下是母親的車。

回到家，我在幾條較深的血痕上貼了ＯＫ繃。

遞了一個給母親。

「不用啦。」她換個衣服，又澆花去了。

活著的人

我可以盡情想像死去的人有何反應。一切都順我的心。反正飄渺的往事跟溪裡的石子一樣，被流水的粼光切割得看不清楚。

他喜歡3C商品。曾經喜歡。遠在蘋果電腦在台灣普及之前，就是個果粉。如果送他一支iPhone、iPad或是MBA，我想他會露出驚喜的表情，嘿嘿地笑。我邀他一起去旅行，去美國，那個他一直想去念博士學位的地方。我們坐在牛排館裡，大啖媽媽絕不可能吃的三分熟牛排；去麥迪遜廣場公園旁點Shake Shack漢堡，抓起一把薯條塞進嘴裡，「比麥當勞好吃！」他會這樣說。

小時候教我滑四輪溜冰鞋的他，肯冒著摔倒的危險，穿上冰刀，嘗試在洛克斐勒大樓前的溜冰場滑動幾圈嗎？可能不會，畢竟如果他在世的話，都超過七十歲了。沒關係，他可以拿手機幫我錄影，看我笨拙地移動雙腳，腳下的冰刀揚起細細的冰屑。

我接了翻譯影片的案子，翻到為難之處，找他討論。他翻了幾次不大成功，我笑他，語言學博士耶，怎麼翻不好？「這兩句話很特別，要考慮的因素很多」……他抗議。

意義總在轉換間落失，我怎麼會不知道呢？

我在腦裡種下兩棵樹，自己衍生出假想的枝葉，形塑一盆從不存在的盆栽，重造這兩棵樹的關係和距離，以及在彼此眼中的形態。雖然現實並非如此美好，但我讓他們融洽且彼此需要。

相較起來，活著的人真是吃虧，一舉一動都衝撞著我的期待。

她不喜外出用餐，她總是無法放鬆，不像我和朋友們可以在茶館裡漫無目的地待上幾小時。她痛恨所有沒有目標的事。「簡直浪費時間！」她說。我覺得應該把「簡直」兩個字刪去，她的意思是——「就是」浪費時間。

我們有效率地吃完餐點，匆匆灌下熱茶。我害怕她明顯是按捺著性子的表情，還有靜止的手指。她的手指在心情放鬆時會自動回憶著練琴的指法，彈跳猶如從湖面拍翅起飛的水鳥。相反的，手指靜止的話，則代表了她目前感覺自己像是被罰站的孩子。

為了規律寫作，我也蒐集些簡易料理的食譜，能夠一鍋完成最好。我開口說明如何將白菜和五花肉一層層排列於鑄鐵鍋內，加入高湯以小火烹煮，接著調製柚子沾醬……在我的想像中，她會頗有興趣地說：「聽起來不錯，下次來試試。」但坐在我面前的她皺起鼻子說：「五花肉這麼油，怎麼吃得下口？」

我訕訕然。

類似的例子在生活中如三月的杜鵑，多又繁盛。言語如蜂螫，刺入皮膚的當下疼，接下來過敏反應還要持續紅腫刺癢許久。

我反擊、迴避見面的機會、降低說話的溫度，舉起寫著「我受傷了」的隱形布條抗議。然而我知道，活著的人還在當下、還在變化，我無法依照單方的意志捏塑我們的關係。

為了不喪志放棄，我為心套上泡棉紙，以膠帶層層綑綁，再往紙箱裡丟滿緩衝保麗龍塊，把心藏進去。我策劃更多的旅行，舉辦更多的聚會，分享更多的所感所想。她也努力了，有時會回我一個俏皮的貼圖，一隻卡通蝸牛掛著大大的笑容說：「**Thank**

You!」

雖然不是教友，但我仍然在 Instagram 上追蹤了羅馬天主教教宗方濟各，看他全心擁抱眾生的姿態與表情，提醒自己所有的付出皆是心甘情願，動了心便不抱回收期望。

我知道還是會受傷，但嘗試，是我們靠近彼此的唯一方法。

黑暗之光

前幾年，插畫家 Gary Baseman 舉行了一場頗盛大的巡迴展覽《歡迎來我家》（The Door is always Open）。以家為名，展場便布置成如家庭般的配置。有前院、客廳、餐廳、臥室、遊戲間、書房、走廊、工作間、小巷以及後院。

前院佇立著雪人 Happy Idiot 和冰淇淋 Creamy，組成一個溫馨的歡迎隊伍。和我同時進去展場的，有一對母子。小孩約莫才三歲，指著各個角色一一詢問：「這是什麼？」年輕的母親則耐心回覆：「這是冰淇淋呀，這是雪人呀，」進了客廳、餐廳，孩子依舊舉著天真的小指頭，指向每一個物件問：「這是什麼？」「這是小惡魔唷，這是魚啊，你喜歡吃魚嗎？」母親回答，不忘跟孩子多些互動。

到了臥房。孩子上前指指床單上的印花：「這是什麼？」因為印花的面積不大，母親無法一眼看出它的形體，便更靠近些仔細看了，「是蝙蝠。」她認出來了。

越來越糟，直到最糟糕的事情發生。』」正是，這是個糟糕的世界。承認這件事，便能快樂地向前走。

當我看見提姆波頓《牡蠣男孩之死》裡頭的各種黑暗角色：生來便不被父母喜愛的牡蠣男孩，最後還被親生父親當作補品一口吃下肚；雙眼插上鐵釘的男孩、全身髒成灰黑色的垃圾女孩等畸零人角色，真心覺得他們比迪士尼裡任何一個眨著水亮大眼的角色都還要討喜。

給孩子沮喪的權利，給他黑暗，允許他哭。哭完了，孩子會自己找到光。

亮的

摩托城

他來了。

越過眾人的後腦勺和密密麻麻的車陣，我一眼就找到他。在那褐黃色的瓦楞紙板和紅色的廉價塑膠繩下，他的身軀銀光閃閃，救星般。

想到我早上可以多睡半小時、再也不用管公車到底還有幾分鐘才到、晚歸時不必估量著錢包裡的錢夠不夠搭一趟計程車……我幾乎要在那層層疊疊的摩托車行列間跳起舞來了。

「那一台。」我食指一比。

那是大學同學轉賣予我的二手車。託運行的大哥飛快拆了紙板，把他牽到門口。

付錢，上車，催加油門，我輕快地沿著市民大道，往盆地東邊的住處滑行而去。

啊我該怎麼形容這種奇異的感覺呢？像是長久被困於輪椅之人，突然被神蹟降臨，從此可以奔走自如；又像是在演化路上，終於長出雙腳的生物。我哼起了卡通阿拉丁的主題曲：〈A Whole New World〉。

此前，台北各處在我的腦中是一個一個互不相干的點。念書時我經常出沒天母購買美國二手衣，也輪番光顧西門町的各家電影院，陽明山夜衝當然也不可或缺。但，我完全不識得到達這些地方的路徑，因為我通常都是坐在他人的機車後座，如一件被攜帶的行李。上班後則是仰賴公車居多，那時智慧型手機尚未問世，公車的到站時刻難以捉摸，我只能以更早、更久的耐心，苦苦守候。

此後，我騎著他穿梭於城市之中，軌跡如繡線，將這些孤立的地點一一縫合，台北的面貌方逐漸浮現。我開始分得清楚東西向的民權、民族、民生、南京、長安，還有南北向的光復、敦化、復興、建國、新生、中山，以及蜿蜒在它們之間的各條巷弄。知道沿著新生南路，到了羅斯福路要右轉，是看樂團現場演出的地方；到人家推薦的中醫行抓藥則要從八德路騎到松山路。力氣孱弱的我也學會以各種借力使力的方法，從各個前後交疊的車堆裡，硬是挪出一個可讓我把車塞進的空間。

開始騎車一段時間後，公司接到了國內摩托車大廠的案子。這台新車主打操控性能，編列了不少預算。除了主要品牌形象廣告之外，還加碼三支短秒數的片子，用來說明這輛車的特色：超大容量置物箱、車身奈米塗層、星環尾燈。

在討論各種創意表現的時候，我有時會無聲地吶喊：「這些都不重要！重要的是車子讓我獲得力量，讓我不需求助他人，就能從A地移動到B地，他之於我，就如同鍾子之於雷神索爾！」這些話在我心底如此響亮，幾乎要震出回音……

然而，這台車設定的消費者樣貌，是喜愛速度感、重視車子剽悍外型的年輕男性。我並非這台車的目標族群，因此也不必勞煩提出我的心聲。我們拍了不錯的片子，產品銷量也很好。

皆大歡喜。步步血淚。

這是我第一支完整參與的片子，我的車陪我一起走過整個流程。他隨時待命，配合我完全無法預測的下班時間。我們如一對雙人組合，共同打拚著事業。他體質強健，鮮少出問題，只要按時餵養他，他就全力支持我走過每一個昏天暗地的日子，讓我及時出現在遍布這城市裡的後期製作公司與片場。

我認真地認為：我，加上一台車，就可以將自己帶往夢想之地！彼時，那個閃閃發亮的地方，就是公司。

我拚了命地想產出好的創意，尋找各種明喻隱喻，探索看待事物的角度。觀察特立獨行的同事，想在他們身上領略逼出靈光的獨門方法。我隨時隨地喃喃自語：把產品放大來看，會是什麼樣呢？縮小來看，又會是什麼光景？把它擬人，會不會產生什麼有意思的情節？有什麼諧音可以用嗎？不不不，不到窮途末路絕不用諧音梗，我打槍自己。

我的腦袋如二十四小時不打烊的柏青哥機台，匡啷匡啷停不下來，黑眼圈層層暈染如紙上水墨。每次回家媽媽都如此勸說：「工時這麼長，不要做了吧？」而我總振振有詞：「工作占了人生中這麼大的部分，怎麼能只考慮工時長不長呢？我喜歡這工作，我要撐！」

多麼天真。

我開始失眠。從下班到上班之間，時間如此被壓縮，以至於回到住處只能以最快速度卸妝洗澡、吞藥、把自己拋上床墊。有時身心俱疲至一進門，便蹲在地上大哭。

而哭著哭著，看看時鐘，又趕緊收拾眼淚，盥洗，再多想出幾支腳本、幾張平面稿後才敢上床。

而把 idea 交出去後，還要經歷好幾輪殊死戰。這些想法大多死在半路，或是被攻擊得面目全非，僥倖存活的，也經常被老闆在眼前狠狠畫上一條條紅線。不是畫重點，而是他通通看不上眼。

他遞回那幾張寫滿紅字的紙。我揪著心退下，修改到深夜，然後騎車回家。

這時路上的招牌大都已經熄滅，光度銳減。只有零星幾台車與我同行，可以聽見口罩之下自己的呼吸。遠離公司，逐漸接近位於忠孝東路尾端的棲身之處。成堆的參考資料、會議上的激辯、腳本上的字一一剝落，被捲進輪圈裡輾碎、拋進風裡遠去……這段路是緊湊的工作節奏裡，難得的空白。

這是浪漫的說法，其實也不得不如此。

「加班可以申請車資，你知道吧？」一起熬夜、血絲滿眼的同事見我拿起車鑰匙，好意提醒。

「可是這樣明天早上還要自己花錢坐車來上班。」我說。

「也對，」他打了個呵欠，「掰掰。」

同事比我資深十年，他每天都搭計程車。

來到這城的年輕移民，似乎都得經過一段左支右絀的時光。那時最怕老闆說：「走，我們去外面開動腦會議。」每次聽到這句話，我就想捏緊錢包。因為這一去，就算是街坊尋常的咖啡店，一杯飲料也要占去我當天飲食費的二分之一。其他資深同事滿不在乎地收拾紙筆起身，我想，他們忘了我有多菜。

接近月底時，我必須精算著每一個銅板的用途，經常一盒便利商店的熟食水餃便算是一餐。帳單絕不設定自動扣款，因為得忖度除去生活費後，餘下的錢能夠讓我繳得起哪一張，而哪一張又能拖到發薪日再補繳，如此方能從生活中勉強擰出恰恰能夠給付開支的分量。

然而生活總是暗藏伏筆。

一日晚間騎在忠孝東路上時，警察吹哨揮手，示意我靠邊停。

「大燈沒開。」他說。

我狐疑地試了試開關，原來壞了。

「大燈沒修，九百喔。」我愣住，在心裡換算，這等於好幾趟回家的客運來回票價啊……

「行照駕照。」他接著說。我順從地從背包裡翻找出來遞上。

「過期了。」他眉頭一揚。

「這要開單喔。」他得意極了，原子筆唰唰唰輕快地掠過罰單。

「一千八。」我感覺到他的喜悅。剛才的哨音還有氣無力的，現在他整個人精神都來了。

我極度震驚且沮喪，每天加班忽略了換照通知，省吃儉用，卻突然得上繳兩千七百元！警察撕下紅單塞到我眼前，我僵硬地接過罰單，緩緩騎去。離開警察幾百公尺遠後，諸多委屈這時才突如其來地湧出，兩行熱淚落在大腿上。

「哎，你應該跟他ㄋㄞ一下的啊！」同事在聽了這事之後這麼建議。

可惜從小到大，這技能我從來學不會。

除了罰單，騎車的無力感最容易在下雨時偷偷襲擊。一回下班時雨勢大得驚人，同事紛紛打電話叫車。但我連算都不用算，就知道我沒有其他選擇。牙一咬，在大雨中打開摩托車廂，以最快的速度套上雨衣。但在雨衣穿好之前，便已渾身濕透。騎在路上，千萬雨箭攻擊著每一吋露在外頭的皮膚，如小小的砲彈炸開；大量的雨水從領口傾瀉到裡頭，對向車道的汽車呼嘯，沒良心地轟起比人還高的水浪，再把我潑濕一次。

路上積水漫漫，紅燈暫停時，腳只能直接踏在水窪裡頭，周圍的車燈像是透過千層玻璃般扭曲。雨幕淋漓、狼狽至極的此時，竟然出神地想起了母親。

年輕時的母親也是個騎著車縱橫來去的騎士，她的座騎是橘白相間的小鈴50，是當時相當暢銷的女性車款。她在座墊前安裝了一個可摺疊的紅色小椅，是我幼時的專屬座位。若下雨，媽媽就會掀起雨衣下襬，叫我鑽進去。我轉身，背對世界，眼前是媽媽的腹懷，彷彿回到出生前的水體當中。腳下冷空氣颼颼地刷過，我的周遭是溫暖的橘黃色。她不擦香水，所以這一團氛圍裡，是雨衣的塑膠味混合了女性的柔和體味，很好聞，我深深呼吸。

有一種礦物的味道從雨衣下襬鑽了進來，我們正在經過玻璃工廠。接著是植物的濕氣，這是家附近一棟廢棄的矮房，密密覆蓋其上的藤蔓味。雨打在水泥地上，灰泥的味道彈了起來，到家了……

後頭的車子叭了一聲，驚醒我回到人間，趕緊繼續往前。我突然覺得沒那麼難受了。當時母親雙手擎著龍頭，以超人飛翔的姿態，獨自帶我橫越雨幕。此刻的我也是，帶著自己往目的地移動。在這雨中，我忽然感覺到一種類似宗教的神聖情懷。雖然人說摩托車是肉包鐵，但它何嘗又不是以鐵身包容了我呢？這1660×625×1010mm的所在，就是我的教堂、我的移動城堡。在工作上受的責難，躲進廁所也無法發洩，畢竟在薄薄的門板外，可能就是方才把我念得狗血淋頭的主管；而老家和母親太遠，眼淚等不及。安全帽一戴，無人知曉的眼淚，可以盡情地流。如此一想，方才混合著不甘、怒氣、狼狽的龐大情緒漸漸平息，並且十分感恩即使在此等滂沱大雨之中，這算是高齡的老車竟然沒有拋錨，保我安全到家。

我們如此搭檔著奮鬥好些年歲，後來因著一次需要長時間休養的腳傷，許久無法騎車。一段時間以後，他就再也難以發動起來了。偶爾一騎總要花上許多時間奮力踩踏，尚未出發就已經累癱。接下來捷運路網越來越密、公車可以查詢到站時間，而我在伸手招攔計程車的時候，可以不需要那麼心痛。至此我幾乎不再與他一同在這城市裡遊逛，但我也始終下不了決心將他報廢。

真正送走他，是在又經歷了兩次搬家和一段戀情之後。一張一千五百元的報廢獎勵金，以支票的形式寄到家中。

拿在手上掂掂，八年歲月，原來這麼輕。

網路上流傳著一張著名的照片：台北橋上，熱氣蒸騰，摩托車塞滿了每一個空隙，無法看見路面，騎士們緊握著把手蓄勢待發，感覺下一秒鐘，這片摩托車海就要奔流吞沒攝影者了。那張照片被引用時，通常都搭配著「台北摩托車密度名列前茅！空汙肇因之一」，或是「機車瀑布如洩洪，外國遊客嚇傻」之類的標題。

但我看那張照片時總覺得非常懷念又肅然起敬。路上那每一台車，都是各色燃著熊熊焰光的風火輪，上面乘載的都是一個個願剔骨剮肉、在這城拚搏的哪吒三太子啊。

犬之女俠

「食飯囉！」

外婆以客語大聲呼喚，一邊陸續在已廢棄不用的豬舍牆角放下好幾個裝滿飯菜的碗公。

霎時間，在門外、院裡遊盪的，連忙穿越扶桑花籬笆飛奔而來；在屋子裡頭百無聊賴發懶打滾的，也瞬間翻身彈跳而起，匆匆繞過廳堂前的圓柱衝向外婆。這些狗兒把臉埋進碗公裡大口吞食，碗公彼此撞得乒乓作響，簡直就像武俠劇中人聲鼎沸的酒肆。外婆在一旁心滿意足地看著。

豬舍位在外婆家的最外側，牆體是米糠、灰泥等混合物糊成的，處處是剝落的痕跡，可以從孔洞中窺見牆裡的竹網結構。有些狗兒吃得太過激動，把碗公頂得直往牆角撞，粉狀的灰泥一絡絡地掉在牠們碗裡頭。誰在乎呀？牠們迅速把碗底舔得發亮，外婆又一一拾起所有碗公，轉身去收晾在竹竿上的衣服了。狗兒有的繼續在她腳邊纏著，有的昂揚出門巡守地盤去也。

成群的狗兒在外婆家穿梭，是媽媽從小就熟悉的場景。我曾聽她說起一隻老黃狗如何把逃出籠子的文鳥逮住，並且輕輕地踩在腳底等待家人發現；還有一回，家中出現百步蛇的蹤影，等到外公拿出麻袋、鐵鉗準備抓蛇時，牠已不知竄躲到哪個角落去了。全家人提心吊膽了好幾天，直到一天早晨，媽媽發現蛇死在廳堂地板上，有著一張狐狸臉的黑狗在一旁酣睡，嘴邊帶著斑斑血跡。

這麼多的狗兒，除了外婆主動收養的之外，還有很多不知打哪兒跑來的。也許在狗兒的江湖道上流傳著這麼一個故事：「田邊的小路盡頭有間轆轤把形狀的客棧，哎，也不是，其實只是間尋常人家。但女主人宅心仁厚，只要去她家叩門的，至少都能有頓吃的。若你受傷，她也不問原因，只是為你敷藥，甚至掏自己腰包請大夫過來。若有傷重不治的，她就為他送上最後一程。這樣難得的心腸，可能是個退隱的女俠吧。若你們真出了什麼事，能到她那裡的，就去吧。」

可能真的有這麼回事呢！不然怎麼會有那麼多狗兒自動出現在外婆家門口？有

隻高大的短毛黑白花狗，半夜睜著一雙晶晶亮眼佇立在院子裡，嚇壞當時還是高中生、起床上廁所的媽媽。這花狗就在外婆家吃住了大半月，直到他的主人出現。那人說找了好久，稱謝之後就帶著狗兒離去。

「那他有付錢嗎？」年幼的我張大眼問。那麼大的狗，一餐要吃好多飯哪！

「沒有！阿婆才不會提。」媽媽撇撇嘴。

後來又有一隻長毛牧羊犬喘著氣在門口徘徊，就是影集《靈犬萊西》那樣的美麗大狗，據說一看到有人出來，就再也支撐不住倒了下去。等我看到牠時，牠已經被外婆和舅舅合力移到陰涼的廚房門口，一身原本雪白與咖啡色相間的毛髮沾上不少塵土，看來已流浪一段時日了。

牠病得很重，獸醫開的藥水灌下，沒多久又從口中滲出，綠色的液體在地上積成一個小水灘。牠躺在通往廚房的通道上，張著嘴辛苦呼吸，胸口急促起伏。我一手拿著單字本，一邊想要到廚房偷菜吃。跨過牠龐大的身軀，外婆在灶前忙碌。

「佢會好嗎？」我問。

「毋知吶。」外婆說，手中的鍋鏟沒有停下，舀起最後一點醬汁，澆在菜葉上。

了終。

「恩等就盡量。」她把盤子遞給我，表情很坦然。沒幾天，一如預料的，外婆為牠送

如果說外婆是位女俠，那絕不是傲嬌的玉嬌龍或乖戾的阿紫，亦不是袁紫衣或任盈盈，她更像是溫厚的寧中則。雖然是華山掌門之妻，但道上也要尊稱一聲寧女俠。大愛於心，凡進了門的，從沒有虧待。

門下眾犬裡頭，有些很有俠義性格，護主心切，你可千萬別惹牠們；有些個性很浪子，自由來去，活像只是來搭伙的；也有雞鳴狗盜之徒，閒來無事就去鄰居田裡大鬧一場；有些是外婆的心腹，特別疼。幼時的記憶已遠，我大概只算得出這幾隻：甜甜，短腿的米克斯，犬如其名，可愛黏人；阿金，幾乎與小學的我齊高，俊美如馬，不過外婆是絕不會讓我們騎牠的；大熊，銀灰色的大丹狗，澄透的眼睛像在黃色水晶裡鑲了一塊墨玉，高冷淡定；Dino，滿臉橫肉的紐波利頓，據說是義大利黑手黨的最愛，專門訓練成為護衛犬，可是牠見人就搖尾巴；還有小虎，虎斑台灣犬，滿身精實的肌肉卻內向害羞……啊，還有那兩隻黑亮雄壯的洛威拿！

牠們絕對稱得上是最忠心的左右護衛了，與外婆形影不離。其中一隻名喚來福，

名字雖古意，實則凶狠威猛。左眼曾因打架受傷，血紅色的眼瞼外翻，更添幾分殺氣。

另一隻名為小莉，冷靜沉著，趴下的時候前腳總是左右交叉疊放，如淑女般嫻雅，但盯著人看的時候，有股不怒自威的氣勢。有時來福搶飯搶得凶，小莉退後一步，低吼兩聲，即使霸道如來福，也會悶哼幾聲、住手讓開。牠們虎背熊腰的，當外婆帶牠們出去散步時，簡直像莊主出巡般威風凜凜。

閃過正在趴睡的來福，上高中的我依然在外婆的廚房鑽進鑽出。外婆家的廚房被夾在正廳和豬舍中間，是全屋光線最昏暗的地方。大鍋穩穩安坐在灶上，外婆擎著一把鏟子在鍋裡翻攪，彷彿使著劍法。鏗鏘聲響間，豬肝和蔥段的香氣在劍影中蒸騰。

來福也聞香而來了。外婆捉弄我，要我把一片豬肝放手上餵她吃。我屏住氣息，戰戰兢兢地伸出手……來福打開渾厚的下顎，「喝！」的一下便將我的手掌整隻含住，再用上齒把豬肝叼走，嚇得我甩手咋舌。

「阿婆怎會恁好狗仔？」心還噗通噗通跳著，我問。

外婆幾乎想也不想地朗聲說：「佢兜單純哪！」

外婆很少這麼大聲說話。她自己也察覺到了，不好意思地呵呵笑了起來，馬上又舀了一匙豬油進鍋、炒起下一道菜。

看著她圓潤的身形，有點難想像她以前曾經是芭蕾伶娜呢！外婆雖自幼被收養，但養父母真心寶貝她，不僅供她念書，還送她去學習舞藝和小提琴。對那個時代的鄉間女孩來說，是多麼奢華的待遇！備受嬌寵的她在十八歲時嫁給了畢業於師範學校的外公。那時候能念上師範學校，不是件容易的事，可以想見外公對自己自然是期許甚高，甚至想進軍政壇。但後來政治環境丕變，讓他從此噤聲，委身做一介小職員，賺一份微薄的薪水。

年輕的外婆闔上琴盒、收起舞鞋，親自下田、砍柴、操持家務。在忙完公婆、丈夫、孩子大大小小的事情後，還得去村裡挑水。媽媽記得她在月光下挑著扁擔回家的身影，水桶那麼沉，把扁擔兩頭壓得那麼彎。小小的身軀一拐一拐，曾經踮著舞鞋的纖纖細腿，重重踏在田埂上。拮据之時，還得低下曾梳著光滑髮髻的頭，請人寬限幾日。從前只需沉浸在書籍和樂譜裡的眼睛，看盡世態炎涼。

回外婆家度假的夏夜，我和表弟妹們和幼時的媽媽一樣，躺在外婆房間的榻榻米上。半睡半醒間，從紗窗縫隙中看見外婆搬了張板凳到廳前，就著暈黃的電燈泡摘菜葉，一群狗兒在她身邊或坐或躺。她摸摸這隻，摟摟那隻，彷彿進行一場睡前的紓壓儀式。

我猜想，狗兒除了全心陪伴她，還能為她治病養傷吧。他們直白誠懇，坦蕩單純。他們的愛不拐彎，筆直地帶領主人穿越人生困頓。於是心裡的傷口可以被填滿、慢慢長出新皮。

有了他們，外婆便可以撐過一天，再一天。

雖然他們對外婆來說，是法力無邊的神醫，但有狗的地方，就有江湖：狗鍊拴不住、老是跑去鄰人田地裡大鬧的，容易遭人懷恨在心而下毒；有些出門遊蕩的，或許想起了流浪的無拘無束，後來就再也沒見過他們身影；門前砂石車經常呼嘯而過，撞死過好幾隻過馬路不留神的狗兒。一年一年，外婆敞開大門和胸懷迎接他們到來、為他們一一送行，中間還送走了因肝病早逝的外公。懵懂如我們，也在幾個循環中模糊窺見生死的面貌，體會了落寞的感受。

她如千手如來般有條不紊地運轉家務，直到自己重重一跌。

「血液都積在這裡。」醫生拿著筆在核磁共振照上比畫，那裡是外婆的右半腦部。她委靡而木然，昔日的豪爽之氣被磨耗得一絲不剩。

我下班趕往醫院，媽媽和阿姨正想為她換下病服。但要為一個無法自行使力的病者更衣，比想像中困難許多。她們手忙腳亂，一人撐住外婆的身軀，一人解開她的上衣扣子。在最後一顆扣子被解開的當下，外婆雪白的上身露了出來，曾經餵養五個孩子的胸脯流淌如緩丘。外婆沒有趕緊為自己拉上衣服，彷彿沒有感覺到有其他人在那房裡，十分溫馴地躺靠在女兒身上，任人將她的手臂抬起、艱難地褪下病服袖子，接著再拗著手臂，為她套上碎花上衣……兩人忙得全身汗濕，才為她換完衣物。以前從不讓人幫忙的外婆，什麼話都沒說。

故事裡，重傷的女俠應該在接受內力傳輸之後，速速恢復功力。外婆沒有如此幸運。血塊雖然清除了，但半身仍不聽使喚。她需要全天的看護，她不再健步如飛，也不會給我一個大擁抱，她連我是誰都已記憶模糊。

然而在我踏入外婆家，大喊「阿婆！」的時候，會看到她從朦朧的狀態中突然清醒，對我展開如花笑靨。

外婆的身形逐漸瘦成了一株病山茶。家裡狗兒的數量越來越少，唯一的黑色台灣犬 **Kuma** 來到外婆跟前，拿濕亮的鼻子磨蹭她的手嗷嗷討吃。外婆只是摸摸牠，無法再為牠張羅餐點。外頭的狗兒們應該早已奔走相告，找尋另一間善心客棧了吧。

再後來，冬陽暖暖的下午，媽媽和阿姨兩人攙扶外婆去屋外走走。她兩隻細瘦的腿並不完全聽從主人的指令，只能顫危危地跨出瑣碎的步子，移動幾公尺就得暫停休息……突然，一聲尖銳的煞車聲刺穿寂靜！

我嚇了一跳，趕緊走出張望她們的所在。在卡車司機的連串咒罵聲中，一隻花斑小狗驚叫著從馬路對面衝來，舌頭長長地掛在嘴邊，驚魂未定地喘息著。外婆的眼神落在小狗身上，伸出不大靈活的右手，緩緩招了招。哎呀，這是準備收入麾下了嗎？媽媽和阿姨面面相覷，小狗猶豫地留在原地……外婆再一招手，指令如此明確，牠竟也放低頭，順從地跟上來了。

當美貌被日子蝕去、記憶和智力逐漸消逝，和世間其他人事物的牽掛皆日漸稀薄淡去，剩下的就是一個人的本質，被歲月還原成初生的樣子。而她，愛狗依舊、溫厚依舊。

親眼見證這個收了閉門弟子的過程，我笑了出來，掏出手機走向外婆說：「阿婆，恩來攝相！」看見自己的臉出現在眼前的小方塊上，外婆大感驚奇，手指不住地往螢幕上點擊比畫。她和我臉貼著臉，哈哈咧嘴一笑，還幫我按了快門呢！

當時沒想到，兩個月後，外婆就在吐了一口鮮血後，以九十八高齡自江湖永久退隱了。

怎麼連離開都這麼像小說、這麼戲劇化呀!?想跟外婆埋怨。

來不及了，火化爐的銀色閘門緩緩落下。

不哭，要跟女俠一樣瀟灑。更何況，我可以想見——一大群曾受她照顧的狗兒此時正竄上伏下，爭相湧向天門、熱烈搖尾相迎呢！

本文獲二〇一八年後生文學獎散文佳作

無人載著她

日前傳出了全球第一起 Uber 無人車肇事致死事件，該公司立即停止了所有無人車的測試計劃，媒體推測將導致相關研究被擱置。我在手機上看到這則新聞，嗟嘆一聲。多希望無人自駕車能盡速普及呀，最好在我的母親還能開車的時候，這樣她便能無縫接軌，不會因為感覺肉身退化，駕駛多年的車子終於凌駕於她，因而減低她出門的次數。

我很喜歡開車。過彎時，方向盤在手心順順溜溜地滑過，是世界上最性感的撫觸之一。初次擁有一台摩托車的時候，也是這種感覺。即使那只是一台二手車，但拿起車鑰匙，我仍然覺得自己像是舉起了一支權杖，或是葛雷堡的神奇長劍。

母親開車的歷史至今約二十多年，對路況判斷迅速、風格果決，和父親比起來，她是開得比較好的那個。車子送去保養時，別人在休息室裡喝咖啡，她則跟在師傅旁邊問不懂的問題，因而熟習各種保養程序。如今將近七十歲了，她依然每天包包一提、鑰匙一攫，風風火火地踏上征途，帥氣地抵達她的胡琴課、氣功課，或是外婆家、大賣場，然後再開車回家，餵狗。

身為一個不同住的女兒，真希望她能開車開到不想開為止。

龍應台在《目送》裡曾寫過，她那擔任醫職的弟弟認為，父親的真正衰老，始於將他的車鑰匙奪走的那一瞬間。當然，衰老早已開始，逐漸發展到子女認為他不再適合開車、甚至已傷到他人了，但奪去了他自由行動的能力，才是他將心靈封閉的關鍵。

雖然法規規定七十五歲以上的駕駛，必須通過認知能力檢測方能持續持有駕照，照理來說，能夠通過測驗並上路的長者，跟一般駕駛是無異的。但我多希望到時候，無人車是一個普及的選擇。

當行動必須仰賴他人時，人的尊嚴便被剝除了一大部分。要他們坐計程車，也是難的。少時沒有這個習慣的，通常年長了也不願意多花費。

朋友的母親已多年不自行出門，出門得仰賴另一半回家開車接送。另一半尚有工作，有時時間上不好配合，心急之下難免口氣重了點，讓朋友母親對出門這件事更加退縮了。我很怕，母親變成那個樣子。

開車是必備技能，她很早就這麼囑咐我。因此在我高中畢業的那個暑假，便送我去學車考了駕照。雖然我多年以後才開始開車。

我還記得母親去學車的情景。約莫是小學的年紀，炎熱的暑假，母親帶著我一起去上駕訓班。那些車子一概都很破舊，頂上一片遮陽的鐵板搖搖欲墜。母親很勤奮，下課後總是會留下來繼續練習。記憶中的這個片段被暈黃的氛圍籠罩，像烤得焦黃的吐司。高溫蒸得我昏昏欲睡，後來也真的蜷在後座，昏睡到母親下課又練習完畢才醒來。睜眼，母親和結伴而來的女同事從前座轉過身來，笑著看睡得滿臉通紅的我。眼前一大片引擎蓋反光襲來，我又閉上了眼睛。

她當然順利考取了駕照。家裡的第一輛車，是墨綠色的。我曾幫忙補上被刮掉的漆。那刮痕很細，用什麼筆刷都過大。我從地上撿起一根松葉，在漆罐裡蘸了蘸，讓針般的葉在被刮去的溝槽裡滑行，完美補上。母親非常讚賞。

她跟車子是一體的。在裡頭，她可以操控自己的人生。車子之於她是如此意義重大，以至於我不敢想像，若有那麼一天，我或兄長必須要求她交出鑰匙，以免傷到別人或自己，那會是什麼景況呢？也許會像是要求一個死守陣地的軍官投降吧。

在大眾運輸網絡並不密集的城鎮裡，還是沒有一個方法，如自己擁有一台車，想要去哪便去哪來得自由、來得快活。如果，有一台無人車，即使不能自己駕駛，還是能依己身意志輕易到達目的地，那真是尊嚴的延伸。

美國聯邦運輸部長趙小蘭在二〇一八年底特律汽車展上表示，夏季即將公布修改後的無人車法規。而面對各種可能發生的道德問題，也開始有了哲學教授加入無人車的倫理探討，根據各種道德理論編寫演算法，試驗在各種場景、各種道德理論下，無人車的應對方式。汽車產業樂觀地預估，在美國，應該在二〇二一或二〇二二年就能量產。

面對一個自由獨立的靈魂，我希望這一天很快的到來——無人載著她，而她馳騁。

廁所學

剛開始上班的那段日子，我愛上了廁所。

在綿延不絕的動腦會議中，在不知如何下手的標題和內文之間，反覆推敲仍然無法捉摸的客戶信件裡，我們每個人都被糾纏在其中，無法抽身。

唯有廁所，象徵自由，可以正大光明地不回應一切要求。

在大部分的情況下，你都可以大方地說：「我去一下洗手間。」然後撤退到一間間的隔離箱裡。

那棟大樓不是最新的商辦，但廁所維護得很好，乾淨，沒有異味，甚至挺香。有時我並不脫下褲子，而是衣著整齊地坐在上頭，喘口氣，消化主管和客戶的「指導」，甚至釋放一下在辦公空間不被允許的眼淚。很少看到規劃得那麼奢侈的廁所隔間，坐在上頭，雙腳可以往前呈大字型伸直，還不會尷尬地從門下露出。間數多，不會因為佔住一間而感到愧疚。

有時坐著坐著，便陷入了一種渾沌的狀態，眼皮漸重，感覺有團氣體從天靈蓋緩緩上升……是繆思嗎？嗯，不大像，那形狀透過朦朧睡眼，看起來比較像……謬論。

推開廁所門，就能帶著小寐後的清爽，回到座位。

公司後來搬進了A級辦公樓，重新設計工作空間。創意人員之間幾乎沒有隔板，主管也沒有房間，所有的會議室呢，完全以透明玻璃打造，像一個一個的水族箱，在裡頭開會，像在表演給人觀賞。

在這種環境下，我時常覺得接收的雜訊太多，必須找個絕緣的地方，關上自己。在辦公室的正中央，設計師設計了一根銀色的粗管，彷彿科幻片中將人從星球傳送到太空船上的裝置。大小僅容一人進入，進去後只能蹲坐。設計用意的確是讓人獨自思考，但我在裡面通常都在，睡覺。

我總覺得很疲倦。文案間流傳著各種傳說，某某某一次交了上百個標題出來，（我怎麼寫三個就覺得寫不下去了？）某某某被總監退稿五十四次。（應該很想死吧？）資深的同事晃過來問：「在幹麼？」看著我只寫了兩行的文案，順口丟了三個新的想法，我趕緊抄了下來。

我又覺得累了。進去管子吧。

這管子的材料很薄，敲起來聲音清脆，像是鋁板。沒有鎖頭。設計師解釋道，怕人在裡面反鎖了，若發生昏倒等身體狀況，外頭無法打開的話，很危險。嗯，我得說他考慮十分周到。在裡面的時候我一直很怕有人突然開門，發現昏睡的我。

後來，我又回到了廁所。

這A辦大樓的廁所依然水準很高，不知道公司在尋找辦公室時，是否有把這一點考慮進去。面寬、縱深都足夠，深色的花崗岩鋪墊沉穩的氣氛，沒有刺鼻的香精，我感到十分滿意。

一年一年過去，漸能快手處理工作，甚至還有自己的小組。更多時候，我成為留在會議室裡的那個人，等待那些跟我說：「我去一下洗手間」的組員。廁所於我漸漸陌生，如今回憶，後來那幾間公司的廁所，的確也沒什麼太深的印象。直到去了杭州。

那裡的辦公空間比我待過最大的公司都大上數倍，座位綿延不絕地一直延伸到視覺盡頭。在如此開放的空間，我並不覺得開放，反而是窒息。來往川流的人們不時擾亂了空氣，不管做什麼都一顆心懸著，加上公司開發了各種可以聯絡上每一個人的通訊軟體，只要在電腦前，叮叮叮叮，咚咚咚咚，幾乎沒辦法不被找到。唯有遁入廁門。

在《星星的孩子》這部電影裡頭，患有自閉症的天寶．葛蘭丁教授在阿姨的農場上發現一種特別的裝置——擠壓機。樣子像是一個小型柵欄，用以安撫牛隻在烙印或接種前的情緒。牛隻走進去以後，以繩牽動左右兩邊的木板，將牛隻夾在中間。這樣能幫助牛隻的情緒平緩下來，以免在過程中弄傷自己和牧人。她發現，這對她本人也有用。她改良牛隻用的擠壓機，當她感到被過多的資訊攻擊，快要發作時，便急急奔回房間，拉動繩子，用木板將自己緊緊夾住。這能夠給予她需要的擁抱，但她又能完全掌控。她在這種緊緊的擠壓之中，能逐漸冷靜下來。

廁所，便是我的擠壓機。

近來已有專家建議在開放式的工作空間內加上能夠讓個人專心工作的隔絕小房間，但大部分的辦公空間設計還跟不上最新的研究，一般人大約也很難自備擠壓機。

那麼，我鄭重向你推薦，找尋一間乾淨、能讓人放鬆的廁所，將為你的生產力及職涯帶來莫大的幫助。

山邊事

沿著山邊建造的房子，像是裙子上一圈圈的花邊。他們的社區警衛室通常獨自在外頭，也許守著一條小徑，也許控制著一扇鑄鐵大門。

這些警衛室誕生於社區成形之日，日後難得再有翻新的機會。社區裡頭的房屋可能會換手，可能會經歷數次裝潢整修。但這些小小的房間，只會隨著日子疊加上痕跡。

這些鐵皮格子，有的設有冷氣，有的僅得一抽風扇。外頭一座流動廁所，一磁磚砌的洗手台。在這經常霧氣瀰漫的區域，腳邊都爬滿了青苔，但每隔一陣子便會被刷洗乾淨，等待下一次被染青。一旁立著公告欄，社區事宜在此布達，要租要賣的訊息也在此露臉。

山邊社區型的警衛流動率不高，經年都守駐在那裡，早班晚班，日日如常。那房間吸收了他們的氣味。走進裡頭，像在悶濕的夏天與某人靠得很近。耐磨木地板已被腳步走去了上層的膠層，漣漪般展露其下的廉價木色。各式生活所需的小家電：電鍋、小冰箱、微波爐等塞在任何可以容納它們的地方。

警衛們經常就地取材，讓自己每天必須與之相處十二小時的空間舒適一點。汽車銀色遮陽板和水果圖案的大型月曆是經常被採用的遮陽材料，貼在玻璃上攔截直劈而來的熱辣陽光。通常也有紅通通的新年春聯，有的年年更換，有的已是許多年前就貼上的。今年是狗年，但上頭還是一隻斑斕咆哮的虎，或是一匹健碩的馬。

夾雜在山邊小社區裡的菜園多半隨興，但我也在其中見過最一絲不苟的菜園。瓜架搭得直挺，一方一方的不同作物都有木板牢牢鞏固著土，使其不致因經常驟至的雨水沖刷流失。有菜有瓜有果，還有一整棚的蘭花。不若我養在家中，搞不清該澆多一點水還是少一點水，因而葉片有時焦灼的蘭，這裡每株植栽都葉片濃綠飽滿，一派奮發向上的樣貌。菜園主人為它裝上了矮圍籬，中間還安上了一扇塑膠門，爬藤在上頭鑲了一圈厚厚的綠絨。其實這門是多餘的，並沒有進出的功能，算是矮籬的一部分。但門一旦立起，就像是立起了隱形的四壁與屋頂，像一間得問過主人才能進入的屋子了。

在大部分居民都會經過的幹道附近，也常有介於菜市場和超商之間的小雜貨店。賣著零食和罐裝飲料，當然也有各式調味用品。地上一列紙箱，堆著大顆的高麗菜、冬瓜、絲瓜、龍鬚等綠蔬。這裡經常有霧。常常跟著哪個人的前腳竄進店裡，後腳一出，霧也就走了，像隻養著的小貓小狗。

每天穿梭在同樣山間道路的司機大約都發展出一套順路買菜的技能。從香港西貢海邊回城裡的時候，坐錯了小巴。那巴士繞行了整座山才到達我們要去的地鐵站。一路在路上吞進幾個人，又放出幾個人。經過大學，也經過港口。路名有飛雲有飛霞，一派山林作風。一婦人在中途上車，手上一袋水果直接往司機旁的座位放去，笑呵呵地找了個前排的位子坐下。她沒有像其他人一樣刷卡，剛才那袋水果大概就是車資了。

在台北人的後院陽明山也常見到類似風景。公車司機不必將車完全停住，只是在一個山坳將車速慢了下來，慢慢慢慢慢挨近了轉彎之處……路邊賣玉米的大姐俐落撈起一包帶殼玉米，快步接近公車，從窗口遞上。

「謝謝謝謝！」司機探頭燦笑。

「杯啦！」大姐擺擺手，跑回攤子。一切都在幾秒鐘之內無縫接軌完成，是山裡特有的默契。

搬家後幸運地住在小丘附近，採買雜貨時，我經常捨棄較短的距離，改走沿著小丘蜿蜒的較遠的路，以避開車流，路上也會經過一間小小的警衛室。在山邊似乎人都會放鬆一點，比起市區大樓外頭不苟言笑的警衛，這裡的警衛阿伯常堆起笑容跟我打招呼。每次經過，我總覺得這景象在哪裡看過，但老是想不起來。

在心頭想了幾天，終於想到了：在一小方天地裡，管理著一小方土地，這不恰恰像一尊笑咪咪的土地公，在他的小廟裡看顧鄰里眾生嗎？

過篩

先從台北的生活裡，篩下二分之一，運往上海。那兩年間，大約維持著在上海住一個半月、在台北住一個半月這樣的規律。每回都帶著一大一小的行李箱。在台灣停留的期間，只靠這行李箱裡的衣服鞋襪過生活。

而這兩個行李箱內，為了從台灣帶走各種解鄉愁的食物與書，所以為它們保留了不小的空間，衣物的數量也就被排擠了。

鞋子兩雙，衣服五六件，褲子兩三件，冬天時能帶的更少。

包包，就是肩上那一個。

首飾，一個戒指及一個手環。以前曾細心維護的耳洞，都已閒置，所以耳環也免去了。

日子久了，漸漸發現，人真的只需要兩個行李箱就能生活。

如此一年餘，因為工作機緣，又從上海的生活裡，篩出約莫八分之一的分量，運往杭州。

暫且不租屋，住進酒店式公寓。那酒店極新，還有著剛裝潢後的氣味。我縮減所有生活所需。洗衣精買的是隨身瓶，流理台上擺放的餐具，僅有一把湯匙、一把叉子、和一雙可以摺疊隨身攜帶的筷子。我甚至極少在住處吃飯，雖然外賣方便。為免去一大堆的塑膠盒子，盡量都在公司食堂吃完晚飯再回去。以往在台北覺得不能沒有的大量電影、想到就能去的 Live House 演唱會、深夜仍開著的書店，全都放下了。

離開杭州時，東西也沒增加多少。帶著兩大一小行李箱，又從杭州回到了上海。幾個月內再遷回台北。

我曾是極愛購買小物件的人，如絨毛玩偶、扭蛋公仔、鐵皮盒子等等。出國旅遊還特別愛收集各種紙頭：有設計感的宣傳單、明信片、車票、戲票、當地報紙……什麼都收。而在幾個城市間遷徙之後，充分練習了不隨手接下紙張的課題。

在篩選的過程中，那些帶有個人情感的物件總是特別難以丟棄。比如說，父親送我的最後一雙球鞋。多年來我一直將它收在鞋盒裡，橡膠都已分解粉碎，藍色黃色的細末散在盒子裡，就是丟不下手。我放了那麼久，久到有時自己都忘記那個盒子裡放了什麼，打開來看，總是又默默地關起放回原處。

要捨棄這樣的物件，必須在感覺自己強大的一天。以感恩的心向它道謝，提起一口氣，關掉思考開關，屏息將它送進垃圾袋。我會在當天就把它送上垃圾車，以免自己夜半又撿回來。

朋友花了一年餘的時間在世界各地旅行，還考到了職業潛水員執照。他們有個不成文的畢業儀式，拿到執照者得戴上潛水面罩，教練從氧氣管裡灌下大量的酒，新科潛水員得打開喉嚨盡快把它全部吞下去，以免在面罩裡被嗆得無路可逃。四百多個日子過去，她行經超過二十個國家。在這樣頻繁遷徙的旅途裡，每一件物品自然都得精選再精選。在旅行的尾聲、去復活節島的時候，她特別拍了攜帶的物件上傳臉書，三十五公升的中型背包，已經足夠。「背包縫了又縫，裡頭裝的東西倒是越來越少。」她這樣寫。

「對現在的自己有沒有用、有沒有意義？」教人整理的書上說，這是決定物品去留的唯一問題。經過幾番練習，大部分的東西我已經可以丟得爽快俐落了。

那人呢？曾經愛的、放不下的、對現在的我沒有意義的、對現在的我太沉重的，是否就能從此放手、讓他們穿過「現在」這面篩網，跌進過往的黑洞了呢？能不能就此決定不讓他們再跟在身旁了呢？能放下這些人的重量，只帶著自己往前了嗎？

在《良善之地》這部探討道德哲學議題的美國喜劇裡頭，出身富豪之家的塔哈妮因父母偏愛妹妹，窮盡一生想要爭取父母的認同，長成了一個非常在意他人看法的人。有一集的內容是，她死後的靈魂必須接受一個最後的考驗，以決定能到良善之地或是地獄。她的考驗是，要走過一條長長的走廊，兩旁的每一間房間門上都掛著她所在意之人的名牌，打開房間，就能聽那人說出他們對她的真實看法。若她能不理會那些人，走到盡頭便能前往良善之地。她昂首走過幾乎每一個房間，卻在最後，在她父母所在的房間門口，伸手轉開了房門。她還抱著一絲希望，但仍然，父母只與她談論她那才華洋溢的妹妹。至此，塔哈妮方死心，決定不再理會父母的看法，離開。

我們將生命中的種種放上天平作比較，誰對我而言重一點，誰輕一點；什麼一定要在身邊，什麼不用。我們必須不斷篩選篩選篩選，決定留下或捨棄。有些人有些傷或許還是會如同電影《美麗境界》中數學家奈許的幻覺一樣，一直留存在身邊。然而我們也可以學習，在他們如幽魂般殷殷召喚時，直面他們說：「夠了，我不會再理會你說的話，或是在意你對我的看法。再見。」

再見。你對我而言，不再重要。

上下午之間

借好了書，從圖書館走出來。夏日的這時間，行人特別少。坐辦公室的已吃完飯、買好飲料，遁回冷氣充沛的大樓裡了。上午已經結束，而下午可以說尚未開始。鑰匙攤的老闆坐著，手垂在兩腿旁，頭幾乎要碰到膝蓋上了，他蜷曲如一只蝦仁。機車行的老闆娘，仰頭睡著，如一隻面向觀眾的海獅。臉上的肌肉和嘴角都鬆了，流向地面。他們在騎樓的一左一右，一俯一仰。那麼放鬆，也像兩具被剪了線的偶人，靜靜垂坐。

往前一點，洗車場的師傅們坐在一只靠牆的破舊皮沙發上。個子最高的，雙手交叉在胸前，手掌收在腋下，直挺挺地，睡著了。一捲髮婦人把右腳從橡膠雨鞋裡拔了出來，五根趾頭在白襪子裡扭動，散熱。一位小個頭的精瘦男人，把在手肘處皺成一堆的袖套褪下，露出的膚色比臉白皙許多。其他還沒睡著的，都打著呵欠，緩緩挪動身軀骨架，尋找一個可以暫時歇息的姿勢。

這路邊洗車場的棚架是鐵皮搭起來的，牆上掛了許多蘭花，旁邊一棵桑椹樹。他們在樹枝下掛上黑網，攔截飽滿多汁的果實。看著黑網上為數不少的黑紅色莓果，便覺洗車場主人也算古意，留著這麼一棵可能惹來客人抱怨的樹而不砍去，成為這條街上少數的綠蔭。

左邊的早餐店已打烊，而右邊的關東煮還未開。兩間店都是舊木和鐵板拼湊出來的攤位。早餐店拚命消化完上班前湧來的人潮後，經常有隻黑白貓端坐在方才老闆收錢的盒子處，或是懶懶臥在一籃雞蛋上。大熱天的，雞蛋這樣擺著不會壞嗎？我這樣疑惑。但每天早上這裡總是非常多前來覓食的人，應該是沒有傳出什麼吃壞肚子的消息。貓咪今天不在。

關東煮，是因為週末假日等熱門時段洗車客人太多，經常要排上許多時間，精明地開起來賺個順路財的。此時攤上還覆著幾塊塑膠布，大鍋還空著。喔貓在這裡呢，躲在鍋下憩涼。

這騎樓幾乎沒有聲響，除了囂張的蟬。我好似闖入了一個剛剛完成布置、燈光打妥、導演已下了禁聲令的電影場景。

幾個還沒回到辦公室的男女來到手搖茶店，大概也感受到這奇妙的寂靜狀態，輕聲點了飲料，然後其中一女子發出哀嘆：「啊好不想回去上班啊～～」其他人都對呀對呀地附和。

一台寶馬悠悠晃晃從遠處開來，按了聲喇叭。睡著的那位高個師傅立刻跳了起來，一邊用力搖晃腦袋醒腦，一邊指揮駕駛停向定點。那位小個子的男人將成捆的銘黃色高壓水管從牆上取下，一手摟著，一手拉住噴口迅速抖開，俐落如牛仔甩鞭。

水管擊在地上一聲脆響，其他人也快速地把橡膠雨鞋和袖套再度裝備起來。剛才陷入了午後恍惚的街角，突然又像偶戲開演，咕碌碌地所有角色都在一瞬間動了起來。

在一旁等飲料的男女，突然都放下了心，提高了聲量談笑。蟬頓了一下，叫得更大聲了。

一天由此便正式過渡到了下午。

後院

老家的後院是媽媽的遊樂園，她在這裡養了許多植物：總是整團怒放的九重葛、豔黃妖嬌的軟枝黃蟬、幾株嬌弱的薔薇、幾棵黃椰子、好多盆茶花、還有龍吐珠和其他我叫不出名字的花草。媽媽常拿著一只黑柄的花剪在這裡修剪枝條，也會搬張板凳坐一下午施肥換盆，歌聲悠揚。小時候的我問她怎麼知道要剪哪條枝椏呢？「看哪條不順眼就剪哪條呀！」她大笑回答。我想，植物應該比小孩好養多了，只要掌握住幾個訣竅，想要他們往哪長，幾乎都會聽話。

我們和隔壁阿婆家的院子中間沒有牆，我們可以直接走到阿婆家後門借鹽巴，阿婆也會來到我們的後院紗門，喊聲「來拿菜啦！」兩家人常常一起在院子裡有一搭沒一搭地聊著，一邊剪花洗衣，另一邊餵雞掃灑。春日的陽光沿著屋簷灑落，在水泥地上剪出斑斕枝葉，還有屋簷的形狀，我坐在一把被太陽曬得褪成灰白色的藤椅上打盹。那時候覺得春日和學校的功課一樣，長得沒完沒了，不如先睡一覺。

院子後面是一條小溪、然後是稻田和竹林，再遠一點，是山，站滿了油桐樹的山。五月，白色的花開始從深綠的山中冒出，等到山頭覆滿了白色的紗，是夏天了，萬物開始跟熱出一身汗的小孩一樣躁動。蚊虻亂哄哄地在頭上飛舞，螢火蟲常常亮著燈從門窗縫隙撞進家裡，甚至還有毒蛇誤闖後院，驚動了村裡的大大小小。鄰居男丁紛紛出動，穿上雨鞋，拿著麻袋、鋤頭、耙子、手電筒來到後院。我隔著鐵門柵欄偷看。夜色昏暗，手電筒的光束在樹叢裡掃射，大人們低聲提醒彼此小心腳步。一陣窸窣窣後，有人叫道：「在那裡！」大家紛紛掄起手中的武器，圍捕那可怕又可憐的傢伙。在「捉到了！捉到了！」的慶賀聲中，我看見那隻被掐住七寸、動彈不得的蛇被高高舉起。赫！好大一隻龜殼花！鄰居把牠丟進布袋中帶走了。這樣的情景上演過好幾回，像是固定檔次的夏夜劇場。

隔壁阿公搬了椅子在院子拉起二胡，啊，是中秋了。曲折的琴音和孩子的心思成反比，我們一心想著剝好的柚子和冰箱裡的雪餅。要換得雪餅，得先做點家事，洗自己的鞋子算一項。在盆子裡倒上一瓢洗衣粉，嘩啦嘩啦地注滿水，沖出滿盆的泡泡，再把拆下鞋帶的球鞋壓到肥皂水裡浸泡著。泡了約莫五分鐘之後，拎出來放到洗衣板上，先用粗硬的洗衣刷刷去大面積的髒汙，再用牙刷仔細清洗鞋舌、鞋帶孔、車縫線。我刷呀刷，直到鞋子又露出藏在沙泥底下的原色，看起來像剛買回來的樣子，只是少了一點筆挺的姿態，多了一些皺摺和柔軟。

洗好的鞋子不能放在自家院子裡曬，因為陽光大多都被植物接收了。我踮起腳尖，把鞋放在隔壁阿婆的雞舍石棉瓦屋頂上，任它們在上面好好吸收秋日陽光，幾隻雞從雞舍裡伸出頭來咕咕叫。傍晚，得趁著夜露還沒襲上的時候把鞋收下來。這時候鞋子散發出陽光混合洗衣粉的香氣，一種歡欣鼓舞前途光明的味道。

當某一天鞋子收下來卻還透著濕意、第二天得重新放回雞舍屋頂繼續曬的時候，冬天就來了。水泥地上的陽光開始變得稀薄而白，隔壁阿婆會從她的雞舍裡挑出一隻養肥的雞，撈點水灑在磨刀石上，磨那把亮晃晃的刀。我曾經膽怯地站在遠處偷看，阿婆熟練地將雞爪綁起，把雞頭下腳上地倒過來，用膝蓋緊緊夾住。接著左手把雞脖子拉長，快速地將脖子切開但不切斷，雞奮力但徒勞地掙扎著。阿婆一手捏著雞脖子、一手抓住雞腳，讓血精準地滴進放在地上的小碗裡。血蓄積成鮮紅色的窪，帶著空氣，打起一個個小小的泡沫，它們如浮萍般貼在碗和血窪接觸的邊緣……直到雞斑斕的翅膀終於不再拍動，腳也僵直了，血才漸漸停了。我驚訝於一隻看來碩大的雞，竟然只有這淺淺一碗血液。「喏，拿去給媽媽。」血從雞脖子滴下的印象太鮮明，我只敢用指尖抓著碗。媽媽把凝固的雞血倒進炒鍋裡，以麻油和大蔥煎過，溫暖的香味緩緩驅散了方才的肅殺之氣。

這樣就是一年了。

這一方院落，是個大型的鐘，說著四時的節奏。各個角落都有新抽的芽或是衰敗的枯枝，蠕蟲蛇魅也是常客，生命在此來來去去。我在這裡看四季流轉，見識了雞舍前的死亡儀式，看花的影子隨著季節在地上改變方向。

搬了家之後，我們就不曾再擁有過這樣的院子。不曾再遇見螢火蟲和龜殼花。不再自己洗鞋。我從超市裡買冷凍的雞肉，很少看見牠完整的樣子。我靠百貨公司的節慶布置提醒季節，然後漸漸忘記了春夏秋冬的樣子。

墓地

到了拉榭思神父墓園，從最接近 Jim Morrison 的那個入口進去。沿著小徑走，他的墓和小徑之間還有另一座高大的墓擋住了部分視線，不是很顯眼。四十餘年來，墓地的模樣已經換了好幾次。最早的時候那裡僅是一方黃土，什麼都沒有。沒有墓碑、沒有雕像、沒有墓石。若不是有花束叢叢或由樂迷以石頭或貝殼排列而成的圖形，不明就裡的人大概會以為那只是夾在兩座墳之間，一塊無人長眠的空地。

在他死後幾年，從世界各地前來看他的樂迷越來越多，帶來的花束禮物經常蓋滿了墓地，還將後方的幾座鄰墳都當成了背景畫布，塗上噴上刻上各種字句與塗鴉。有人表達傾慕之情，有人在此飲酒吸毒甚至便溺。特地到他的墳前做這些事，也許是想得到蜥蜴王的認可吧：瞧，我也叛逆得很哪！

Morrison 死後十年，雕塑家 Mladen Mikulin 為他雕了一尊半身胸像，也立了墓碑。這尊胸像身為墓地的一部分，自然也難以在瘋狂的祭祀當中置身事外。有人在他臉上寫字，有人把他的臉抹黑、畫上眼線，把頭髮漆成各種顏色。雕像從素白到被層層疊疊漆上了綠色紫色黑色各色顏料，鼻子被磕掉，最後還被整座盜走，不知去向。又過了幾年，才又整修為目前較為素雅的樣式，上頭的名字也改成他的本名，**James Douglass Morrison**。為了防止此區的墓因湧入過多遊客而遭到破壞，圍欄也搭建了起來。只是樂迷們還是很有創意地以各種方式表達到此一遊之意，比如將幸運手環綁在圍欄上、將嚼過的口香糖黏在一旁的樹上，園方也不得不每隔一陣子就要全部清除。

在另一頭的王爾德之墓，也是非常熱鬧的所在。不知從什麼時候開始，在此留下唇印成為了一種造訪儀式，墓石因此被親滿了各色唇印。經年累月的口紅油脂以及清潔過程都會造成墓石受損，因此園方制定了高額罰鍰，但仍擋不住一片片想獻上愛意的豐唇。當我們來到這座有著埃及風格的展翅雕像前，除了一般人身高可及之處皆是一片姹紫嫣紅之外，連雕像的唇也被吻上了色。到了二〇一一年，園方甚至必須在其四周立起玻璃圍欄，防止眾人直接親上墓石，並且殷殷呼籲遊客自制：清潔費用是由王爾德的後人承擔的！

墓碑似有魔力，吸住了所有的傾慕。似乎人們對著虛空，便不知如何表達自己的心意。我們也謹守著儀式，在固定的時間備齊牲品，如黑色烏鴉在先人墓前群聚。那些寺塔園地，有的僅在一年當中的某幾天開放，像是一個必須緊緊追趕、正在闔上的小窗。種種繁瑣儀式用以提醒我們其重要性，因為是花了那麼多的力氣才完成這件事的，日後想起，便也覺得這是件重要之事而不敢懈怠。

電影《神奇大隊長》（Captain Fantastic）裡，一對依著柏拉圖所主張的「哲學家國王」原型來教養孩子的父母，離群在森林裡生活。母親後因憂鬱症自裁而亡，她的遺願是將她的骨灰沖到一個公共場所的馬桶裡。

如果被沖進馬桶的是 Jim Morrison 的骨灰且消息走漏的話，恐怕那一間廁所也要成為爆紅的打卡景點吧。

想要一點身後的清靜，大概得效法另一位搖滾巨星——皇后合唱團的主唱 Freddie Mercury。他在一次訪問中被提問：「在你死後，你希望人們記得你是一個什麼樣的人呢？」他說，我還沒想過。沉吟半晌又說，「死都死了，誰在意啊？我就不在意。」語畢，擎起菸大大抽了一口。

他死後依循波斯祆教的傳統被火化，而他的墓地究竟位於何處，已經成為一則都市傳說，連他的父母都無從得知。真實的地點據稱僅有 Mary Austin——他的第一任女友知曉。兩人在分手後仍然是一生摯友，Mercury 逝世之前，也是她陪在身旁。

當年我興沖沖地在拉榭思神父墓園尋找名人之墓，旅伴僅是盡地陪之責，陪我從這頭走到那頭，並未多表示意見。我問他為何意興闌珊，他淡淡地說，作品比石頭有趣。

欸真的。現在想起來，與其與人爭著去看 Jim Morrison 的墓，不如在颱風逼近的此時，播放他的名曲〈Riders on the Storm〉啊。這麼一想，便立即轉開音響，將燈光調暗，全身放鬆地躺在客廳地板上。樂音通過空氣和地板傳來，彷彿在腦內體內震顫，曲子裡的雷雨和屋外呼嘯的風聲一段一段地唱和，我反反覆覆聽了許久。

作品，真的比石頭有趣多了。

摺疊人生

我摺疊著我的愛
我的愛也摺疊著我
像草原上的長河那樣宛轉曲折
遂將我層層的摺疊起來

喜歡這首詩的音節韻律，層層地層層地堆疊，感覺身子也隨著一層層的摺疊改變形狀。

小時候的我攤開一本摺紙教學書，打開一包色紙，便可以入神地跟著書上的虛線實線，將手中的紙摺疊翻轉，改變它的形體與厚度。一張紙，經過不同角度的摺疊後，可以化為千百種生物。

摺紙必須精準，切忌反覆翻弄，將紙摺磨得失去挺度。若紙起皺，邊線就會失去俐落的線條，摺出來的物件都會像失了精神般的軟癱。

小學時在夏令營認識了一位輔導員大哥，手極巧，能用塑膠緞帶編出有著長長翅膀及尾翼的天堂鳥，還曾摺了一隻立體獨角仙給我。它有著厚實而層疊的腹部，擎起的獨角末端還如鹿角分岔，擬真度極高。我珍藏許多年，直至年長搬家方不知去向。

我從未能重現這隻獨角仙，人生也不若它的摺線一般乾淨俐落。我反覆把自己摺成不同的生物，試圖符合人生為我準備的每一個坑洞。

一群圓滑形狀的人們聚在一起談天，我小心翼翼斂起方正的直角，化為類似的圓體，悄悄滾近；另外也會遇上有稜有角的人們，我則對摺自己，讓角度更加突出。然而時間一長便洩了底，他們看穿，他們草草應付，藉機散去，剩下我獨自揣摩下次該變成哪種樣子。幾次把紙弄得殘破不堪後，勉強找到約略符合自己形狀的角落，適應下來了。

但當我決定把自己送往另一個城市，困惑又悄悄蔓延。以往在廣告公司時，他們宣告「我們要的是稀有動物」，因此我們的生活宗旨是特立獨行、轟轟烈烈。但在杭州報到的第一天，人稱「乾爹」的創辦人為了表達這是一個必須群力才能完成大事業的概念，用了極端的形容：「這是一個叢林！那些需要特殊照顧與環境才能生存的稀有動物，比如說大象、孔雀，在這裡是無法生存的！我們需要的是蟑螂、是老鼠！」雖然明白他的誇飾，但還是受到了極大的震撼。

我又慌張了，這次，我應該把自己摺成什麼呢？

我發現我不知道該怎麼摺。我時常覺得困頓，被摺得更小，終至如一隻蜷曲的孑孓。我每天奮力游上水面呼吸，午餐時配一瓶可樂，把過油過鹹的食堂午飯沖下喉頭，並且靠大量珍奶思鄉。

如此過了數月。朋友出差來到杭州，約了碰面。

我的眼睛在這個城市不斷過敏，隱形眼鏡戴不住，只能戴著厚片眼鏡赴約。黃梅天的濕氣讓原本就細軟的頭髮更加扁塌、眼線也有一點模糊，而我那時極倦，這些都不在乎了。

席間人多，我們沒怎麼說到話。吃完飯，朋友叫了車回旅館，順道送我回住處。

我們在夜裡繞著迂迴的山路下山，朋友大概也感到我對於是否待在這個城市十分猶疑。下車前，他若無其事地說：「放輕鬆，要回來也可以呀。想來店裡上班的話，沒問題。」

「好。」我說，眼睛熱的。

我鋪展著我的愛
我的愛也鋪展著我
像萬頃松濤無邊無際的起伏
遂將我無限的鋪展開來

沒事的，不努力也沒有關係的。不一定要成為一隻虛張聲勢的恐龍，或是可愛矮胖的企鵝，不想當號稱隨處都可生存的蟑螂，也可以。你可以純粹是一張紙，你可以什麼都不是。

解開原本的形體，用掌心餘熱熨平摺線。

「來，我們先拆開，想摺的時候，再摺。」我覺得他的意思是這樣的。

九歌文庫 1303

我和我追逐的垃圾車

國家圖書館出版品預行編目 (CIP) 資料

我和我追逐的垃圾車／謝子凡著 . -- 初版 . -- 臺北市 : 九歌，
2019.02
面； 公分 . -- (九歌文庫 ; 1303)
ISBN 978-986-450-229-5(平裝)
855 107023697

作　　者——謝子凡
責任編輯——張晶惠
創 辦 人——蔡文甫
發 行 人——蔡澤玉
出　　版——九歌出版社有限公司
台北市 105 八德路 3 段 12 巷 57 弄 40 號
電話／02-25776564・傳真／02-25789205
郵政劃撥／0112295-1

九歌文學網　www.chiuko.com.tw

印　　刷——晨捷印製股份有限公司
法律顧問——龍躍天律師 ・ 蕭雄淋律師 ・ 董安丹律師
初　　版——2019 年 2 月
初版 3 印——2019 年11月
定　　價——280 元
書　　號——F1303
I S B N——978-986-450-229-5 （平裝）